ギーを抱き締める。そしてキスをした。
何でこれまで誰ともキスしなかったのか、分かったような気がした。

狼《おおかみ》男《だん》爵《しゃく》
～熱《ねつ》情《じょう》のつがい～

剛《ごう》しいら

ILLUSTRATION
タカツキノボル

狼男爵

～熱情のつがい～

パリの外れに古くからあるカトリック教会で、その日、荘厳なパイプオルガンの演奏会が催されていた。

演奏しているのは、高名な演奏家だろうか。魂が震えるほどの演奏だ。けれどもその演奏を聴いているのは、たった三人だけだった。

一人はこの教会の神父。そしてもう一人は、黒髪の大柄な男。その男に抱かれているのは、ステンドグラスに描かれた天使そのものの風貌をした、美しい男だった。

「可哀相《かわいそう》に……これだけの演奏家なのに……聴衆はたった三人だけか」

そう呟《つぶや》いた美しい男は、今では誰も着る人もない、時代遅れの長いマントに身を包んでいる。マントはすでに色褪《あ》せているが、その昔は鮮やかな紅色だったのだろう。銀糸で狼《おおかみ》の紋章が刺繍《ししゅう》されているのだけは、今でも変わらずに綺麗《きれい》なままだ。

「たった五百年だ……。短すぎる」

男の呟きは、波が打ち寄せるようなパイプオルガンの音で、誰にも聞かれることなく消えてしまった。

フランスには恐ろしい狼の伝説がある。千四百三十七年、戦争とペストに苦しめられていたパリの街を、狼の一団が襲ったのだ。あろうことか聖職者達が狙われ、哀れ狼の犠牲となった。

尾が切れているクルトーと呼ばれた狼が、群れを率いていた。狡猾《こうかつ》なクルトーは、その数年前から街道で人を襲うことをしていた。クルトーにとって人は恐れるものではなく、餌食となるものだったのだ。

クルトー退治の命が王より下され、人々を恐怖に陥れた人食い狼達は退治された。そして七十年の月日が流れていく間に、クルトーが実際に襲った人間の数は何倍にも増えて話しは誇張され、いつしかクルトーは魔王とまで呼ばれるようになっていった。

「あの化け物狼のせいで、我らの立場がどれだけ悪くなったか、分かるか？」

その日、ジャルジェ男爵は、身重の愛人が出産の痛みで呻《うめ》いている枕元で、ぶつぶつと愚痴っぽい口調で呟いていた。

「当家は狼を守り神とする家系だ。クルトーがパリの街中に攻め込んできたとき、先代の男爵があの狼を繰っているのではないかと、あらぬ疑いを掛けられたそうだ。思えばあの頃から、当家は王に疎まれるようになったのだろう。そのせいで、百年戦争でも必要以上に、戦果を上げねばならなかったのだ」

イギリスとの長い戦争が、ジャルジェ男爵家を疲弊させていた。戦場に出れば勇猛果敢に戦うジャルジェ家の男達だが、百年以上続いた戦いでは、命を落とした者も数多くいた。しかも命を失うだけでなく、兵を集めて王への忠誠を誓うには、それなりの資金も用意しなければならない。命に金、戦争は貴族にとって痛手となるものだった。

大きな戦争がようやく終結して五十年近く経《た》つが、一向にジャルジェ家が盛り返す様子はない。男爵はもう四十を過ぎていたが、未だに家督を継がせるような男児にも恵まれていなかった。

正妻との間に授かったのは娘ばかりで、そのうえ十人もいた。まさか全員を、修道女にするわけにはいかない。娘達を嫁がせるには、持参金も用意しなければいけないが、まずは人目を惹《ひ》くように美しく装わせておくだけでも大変だった。

世継ぎは諦めかけていたそんなときに、ある男から美貌の娘、マリエを紹介された。銀に近い髪に青い瞳、いつも濡れているような赤い唇のマリエに、男爵は歳《とし》も忘れて夢中になった。そして苦しい財政の中、何とか工面して別宅を構え、足繁《あししげ》く通ううちについにマリエは身籠もったのだ。

マリエは男爵の半分ほどの歳だ。しかも特別美しい。いくらでも欲しがる男はいるだろうに、進んで男爵のものになったが、それには理由がある。男爵と同じく、マリエも狼の一族と呼ばれるものだったからだ。

狼の一族から、人狼となれる者が誕生する。人狼は五百年生きるが、直接子孫を残すことはない。先代の人狼の心臓を食べてその力を受け継ぎ、新たに人狼となるのだ。

人狼の持つ力は計り知れない。狼に姿を変えれば、最強の獣となれる。たとえ傷ついても、瞬時に自力で治してしまうし、病に罹《かか》るということは滅多にない。厳寒の地でも、灼熱《しゃくねつ》の地でも、楽に生きることが出来た。

人として五百年も生きるからには、それぞれが人並み外れた特別な力を身に付けていく。歳を経れば経るほど、人狼は英知に溢《あふ》れていくのだ。

「狼の紋章を与えられ、次代の狼を護《まも》るように言われてきたが、果たして本当にそんなものが生まれるのか？　狼は富をもたらすというが、それが本当なら……いいだろう、狼でも何でも生まれてくるがいい」

男爵が不安になるのは、自身が生まれた頃にはすでに先代の人狼は儚《はかな》くなっていて、その実態をよく知らないからだった。祖父や父から話は聞いていた。たとえ自分の息子でも、人狼となる者に対しては敬意を示さねばならない。そしてその生涯が、何不自由なく暮らせるように、導いていくのが狼の一族の長となった者の役目だった。

部屋にはマリエ付きの侍女と男爵しかいない。万が一、狼となるものが生まれたらと思って、人払いをしているからだ。侍女も狼の一族の者で、すでに先代から様々な知識を与えられていた。

男爵の独り言も、そこで一時休止となった。マリエの苦しみがいよいよ佳境に達し、ついに誕生の瞬間が訪れたからだ。

「だ、男爵様。お生まれになりました……背中に、毛が」

侍女が悲鳴に近い声を出す。産褥《さんじょく》を覗《のぞ》くなど男のすべきことではなかったが、男爵は我慢出来ずに、まだ汚れたままの我が子を見ていた。

「おお、本当だ。これが……神聖なる人狼なのか」

普通の子供と明らかに違っている。生まれてすぐなのに、目を大きく見開き、じっと男爵の顔を見ていた。

「髪も……瞳の色も……何もかも母親にそっくりだ。美しい、何て美しい嬰児《みどりご》だろう」

けれども美しい嬰児の背中には、銀灰色の鬣《たてがみ》のような毛が、尻のあたりまでずっと生えていた。

「クルトーがパリに押し入ったのも、我らの家系から出ていた人狼が、その頃、パリにいなかったからだと教えられた。人狼は当家だけでなく、王国を護るものだそうだが……この天使が、当家の凋落《ちょうらく》を救ってくれるのだろうか？」

人狼と呼ばれるからには、どんなに禍々《まがまが》しいものが生まれてくるのかと、男爵は内心恐れていたのだ。けれど嬰児を見れば見るほど恐れは消えていき、愛《いと》しさが溢れてきて胸が痛いほどだった。

「天使だ……羽ではなく、鬣を生やした天使だ。マリエ、よくやった。当家は救われた。救いの天使が、降臨したのだ」

十人いる娘は、皆、ほどほどに器量がいい。生まれたときから、愛らしい赤子だった。だがそんな姉達よりも、はるかにこの息子は魅力的だった。

何としても、この子を護ってやらねばならない。そしてこの子に、父として愛されたいと男爵は強く願っていた。

特別に子煩悩でもない男爵が、どうしていきなり息子を溺愛する父親になってしまったのだろう。

男爵だけではない。母のマリエも、出産を手伝った侍女も、すでに嬰児を前にして眦《まなじり》を下げている。

どこが可愛《かわい》い、ここが美しいと褒めそやしながら、侍女は産湯を使わせると、柔らかなリネンに包んでマリエの腕に嬰児を抱かせた。

三人で嬰児を覗き込む。そうしているだけで、何ともいえない幸せな気持ちになっていた。待ち望んでいた跡継ぎの誕生に喜んでいる、そんなふうに見えるだろうが、実際はそんなものではない。

この子の持つ不思議な魔力に、引き寄せられていたのだ。

誰からも愛されるというのは、恐ろしい魔力だ。オーギュストと名付けられたジャルジェ男爵家の跡継ぎは、そんな魔力を持っている。

紫にも見える、深い青色の瞳に見つめられたら、誰もがオーギュストの笑顔を待ち望む。その唇から美しい声が発せられるのを待って、皆、従僕のように傅《かしず》いた。

母親譲りの類い希《まれ》な美貌。父親譲りの剛胆な強さ。受け継いだのはそれだけではない。教えられたことは決して忘れない並外れた英知と、神をも欺きそうな狡猾さを、先祖から引き継いで持っていたのだ。

「王になっても、割が合わない。そう思わないか？」

従僕のベリーに馬の手綱を預けながら、オーギュストはいきなり口にする。

二十歳になったオーギュストに怖いものはない。平気で王族の悪口すら口にした。けれどその悪口を、王に告げ口するような人間の側《そば》では言わない。誰が敵で、誰が味方なのか、瞬時に見分ける能力がオーギュストには備わっていた。

「王のお側にいて、そんなふうにお思いになりましたか？」

「ああ、面子《メンツ》や欲のために、戦うことばかり考えてる。食事には毒が入っていると、真剣に悩んでいるし、婚姻はすべて政治絡み。好きでもない女を、抱かなければいけない。あれで毎日、楽しいのか？」

オーギュストは小川に降りていって、手と顔を洗う。そして小川の水を口に含んだ。

「うん、うまい。やはり、我が領地の水が最高だ」

十五歳から王に仕えていて、宮中での生活も五年になった。だがオーギュストは、王に暇《いとま》を願って、自分の領地に帰ろうとしているのだ。

「本当に、城にはお戻りにならないおつもりですか？」

ベリーは走ってきた街道を振り返り、名残惜しそうに言った。

「宮中は臭くて嫌いだ。それに……レオナルド先生は、もういないし……」

人は老いて死ぬ。それはどんな天才でも、避けることは出来ない。オーギュストは王の側にいたことで、今世紀最大の天才、レオナルド・ダ・ヴィンチと親しくなれたことが何より嬉《うれ》しかった。レオナルドも天使のような美貌のオーギュストをことのほか気に入り、よく話し相手になってくれたのだが、昨年、亡くなってしまったのだ。

「他にあの宮中に、魅力的な人間が一人でもいるか？」

「さぁ、分かりません。ま、はっきりしているのは、若様のように美しい人間は、他にいないってことだけです」

オーギュストより五歳年上のベリーは、幼少よりずっとオーギュストのお守り役をしている。彼も狼の一族で、オーギュストの秘密を知っていた。

「そろそろまずくなってきたのさ。王は俺に懸想している。それもかなり重症だ」

王一人なら、手玉に取るのはわけもない。だが問題なのは、宮中の大半が、何とかオーギュストの関心を惹こうとしていることだ。しかもそのうちの何人かとは、すでに危ない関係になっていた。

「皆、騙《だま》されてるのに気付かない。天使のようなこの顔のせいかな」

ベリーに向かってしかめっ面をしながら、オーギュストは不敵に笑う。

人狼は富をもたらすというが、それはある意味本当だったかもしれない。オーギュストは宮中にいる間、父に素晴らしい贈り物をすることが出来た。領地にある橋二つに対して、通行税を取る権利を得たのだ。

たいした額ではないかもしれない。けれど街道に繋がる橋は、どうしても通らねばならないところだ。石で作られた強固な橋だが、いずれ崩壊する。補修のために税を取ると言えば、渋々でも人は通行税を支払う。少額でも積み重なればたいした金額になる。これで麦が不作でも、もう男爵は怯《おび》えることはなくなるのだ。

そのために何をしたのか。貴族の奥方の寝室に忍び込んだ。その夫である貴族の狩りに同行し、茂みの中で怪しいことをした。さらに神職の者に、神を冒瀆《ぼうとく》するような行為をさせ、王と秘密の夜を過ごした。

けれどオーギュストは、恥ずべきことをしたなどと微塵《みじん》も思っていない。

甘い言葉を囁《ささや》き、そっと相手の体に触れただけだ。決してオーギュストの大切な部分には触れさせない。キスすらさせなかった。

それでも皆、言いなりになる。次にはもっと、濃密で親密な時間が持てると信じて。

「王宮内は、広いようで狭い。同時に何人もからかうと、後で面倒なことになる」

オーギュストはゆったりと流れる小川の水に、自身の姿を映して見入る。二十歳になって、少しは男らしくなっただろうか。それでもまだその顔は、迷子になった天使のように、儚げな美しさを見せることが出来た。

後何年かしたら、人狼にならねばならない。そうなると、二度と成長することはなくなるのだ。

永久にこの美しさのままでいるためには、少し早いが儀式を行ってしまうべきかもしれない。けれどそうなったら、何年も同じ地に留まることは許されず、流浪の人生が始まるのだ。

「オーギュ！」

大声で親しげに呼ばれて、オーギュストは振り向いた。すると巻き毛の美しい男が、馬から下りて近づいてくるところだった。

「サライ！」

オーギュストは急いで駆け寄ると、サライと呼んだ相手に抱き付く。

「オーギュが宮中を出るって噂を聞いて、急いでやってきた。男爵家の邸《やしき》に行くところだったんだ」

「そうか、会えて嬉しいよ。久しぶりだ」

「ああ、フランスの宮中には、ちょっとこのままでは顔出し出来ないからな」

二人は肩を組み、ときには頬を寄せて親しげに歩く。

「しばらく滞在してくれるんだろ？　うちの水はうまいぞ。森は豊かで、鹿の宝庫だ」

「それはいいな。フランスの宮中は、どうしてあんなに狼嫌いなんだ？　ゆっくり狩りも楽しめやしない」

「昔、クルトーって狼が町を襲って、何人も喰《く》い殺したんだ。そのせいで、フランスでは狼は特別恐れられ、嫌われている」

それを聞いたサライは、ぽんぽんとオーギュストの肩を叩《たた》き、何度も小さく頷《うなず》いた。

「同情するよ。そんなところで、領主様か？」

「心配しなくていいよ。我が領地の領民は、ほとんどが一族の者だ。森の狼達も、大切に保護されているから」

三人は再び馬に乗り、男爵家に向かって走り始めた。農地で働く農民達は、オーギュストに気が付くと盛大に手を振る。オーギュストは領民にも愛されているのだ。

「サライ、気を付けろ。うちには、十人の姉がいる。七人は片付いたが、まだ三人が未婚だ。さらに姪《めい》となると、二十人はいるからな」

「安心しろ。俺は貧乏絵描きだ。家もそんなに金持ちじゃない。狙われる心配はないさ」

「……そうか？　あまり言いたくないが、俺と並んで引けを取らない色男は、そういない」

サライは馬上で大げさに笑いこける。

彼もオーギュストと同じ人狼なのだ。決して人間の女を娶《めと》ることがないと知っていての冗談だと、分かっていたから笑っていられる。

「レオナルド先生は、ずっとおまえに会いたがっていたぞ」

「ああ、ちゃんと見舞いには通ってたさ。ただし……狼の姿で」

「そうか……」

「レオナルドに、万病の薬になるっていう、俺の血をあげようとしたんだ。だけど、レオナルドは拒否した。もう生きるのに疲れたらしい」

サライは師であり、保護者でもあり恋人でもあったレオナルドの死を、心から悲しんでいる。レオナルドは狼の一族でもないのに、サライやオーギュストのことを、よく理解してくれていた。

「何で、レオナルドは狼じゃなかったんだろう。彼が人間だったなんて、おかしいよ」

「サライ……」

「俺が儀式をするときに、レオナルドも側にいてくれた。一緒に、先代の心臓を半分ずつ食べようって言ったのに、それもやつは拒否した。人間のままで、死にたいんだとさ」

レオナルドを人狼にするのは、無理な話だ。人狼となって五百年生きられる者は、狼の一族の家系で、背中に鬣のような毛を生やして生まれたものだけだ。

どんなにレオナルドが天才でも、先代の心臓を食べて人狼になれるというものではない。フィレンツェの美しい狼は、そのことをあまりよく知らないようだった。

「しょうがないさ。レオナルド先生は天才だけど、やはり人間だったんだから」

「ただの人間を、人狼にしてやれる方法でもあればいいのにな」

「神がそう思うようになったら、きっと奇跡が起きるよ」

「だけど、もう遅い。レオナルドは死んでしまった」

サライは俯《うつむ》く。きっと涙を堪《こら》えているのだ。そう思うと、オーギュストの胸も痛む。

レオナルドが儚くなる前、サライはほとんど姿を見せなかった。養子となって、様々な遺産を譲り受けることになっていたのに、非情なやつだと思われていただろう。

だがサライが会えなかったのは、若いままの姿を知人に見られることを恐れたからだ。何しろサライは、二十年前に人狼となる儀式を終えている。本来ならいい年齢の男になっている筈《はず》だが、その姿は今でも若く、女性のように美しいままだった。

「そうだ、死んだんだ。もうレオナルドに遠慮することはない。オーギュ、俺は、本気で番《つがい》を捜し始めるつもりだ」

そう言いながら、サライはじっとオーギュストを見つめてくる。その表情から、オーギュストはサライの言いたいことが分かってしまった。

人狼に女性はいない。自らの子孫を残せない人狼に、結婚というものは不用だった。その代わりに同じ人狼の中から、共に生きていく相手である番を選ぶ。互いを助け、慈しみ合っていく番を得ることで、五百年という人に比べてはるかに長い命も、よりよく生きられるようになるのだ。

けれどその番となれる相手を見つけ出すのが難しい。巡り会えることを信じて、番のいない人狼達は世界中を流離《さすら》う。

サライの望みは、オーギュストが自分の番になることだろう。二人は歳も近いし、育った環境も似ている。美しさを利用して、狡猾に振る舞うところまで似ていた。

「オーギュは、いつ儀式をやるんだ？」

「二十歳になったばかりだ。儀式をするには、まだ早すぎるんじゃないか？」

「そうだな。だったら、それまで俺を客人として置いてくれ。よければその間に、オーギュの絵を描くから」

オーギュストは承諾の印に、にっこりと微笑《ほほえ》む。

緩やかな丘陵地に、荘厳な城が建っているのが見えてきた。ジャルジェ男爵家は特別高位の貴族ではないが、財には恵まれていた。そのため最初は小さかった城も、どんどん大きくなっていって、今では威容を誇るまでになっている。

「へぇーっ、いい城だな」

初めて訪れたサライは、心底感心している。オーギュストは誇らしかったが、この城で暮らせるのも、そんなに長くないと思えば悲しかった。

また何年かして、人々がオーギュストのことを忘れた頃に、再び戻ってくることになる。城は変わらずオーギュストを迎えてくれるだろうが、そこに住む人々は、一人として同じではないのだ。

「いいか、サライ。ここで暮らしてみたいと思うなら、勝手に物を持ち出して、売り捌《さば》くような真似はしないと約束してくれ」

「俺がいつそんなことをした？」

サライはにやにやと笑っている。困ったことにサライは、人狼という崇高な存在なのに、とんでもない盗癖があるのだ。

「レオナルド先生から、どれだけ盗んだんだ」

「たいしたことじゃない。レオナルドは……俺に悲しみを遺《のこ》したから、それでみんな帳消しさ」

「俺は悲しみを遺さないから、この城からものを盗むのだけはしないでくれ。何しろ、まだ父がいる。義母や姉達、それに婿《むこ》共、口うるさい連中に囲まれてるんだから」

オーギュストはそこでため息を吐《つ》いた。

どこにいても安息はない。自分の邸に戻っても同じだろう。オーギュストはそこにいるだけで、人々の関心を集めてしまう。少しでも自分のほうに注目して貰《もら》おうと、全員が親しげにすり寄ってくるからたまらない。

いつでも不機嫌な、嫌な人を演じればいいのかもしれない。だがオーギュストには、それが出来ないのだ。どんなに不愉快でも、オーギュストは誰もを惹き付ける笑顔でいられる。相手を快くさせる言葉も、自然と出てきた。

サライが生まれつきの盗人のように、オーギュストは生まれつきの色事師だった。救いがあるとしたら、オーギュストの体だ。どうやら番以外には反応しないらしい。そのおかげで、オーギュストは色事の地獄を味わうまでいかずに助かっている。

「別邸に母が住んでいる。サライは、そっちに住むようにしてくれ。そのほうが安全だ」

「俺の心配をしてくれてるのか？　それとも、宝の心配かな？」

「どっちもだ。それに別邸は森の側だから、狩りに不自由しない」

「それはいいな。では、新たなアトリエにしよう」

サライは上機嫌だが、オーギュストとしては複雑だ。何年かをここで待たせてしまって、もしサライが番でなかったらと考えてしまうのだ。

いくら長く生きるとはいえ、やはり時間は貴重だ。違っていた場合、無駄に時を過ごさせてしまう。サライが本当の番と巡り会うためにも、オーギュストは早く儀式を終えたほうがいいのではないだろうか。

「このままでいると、容姿も変わるのかな」

「ああ、でっぷりと太って二重顎になり、弛《ゆる》んだ腹を揺すって歩くようになる。無駄な髭《ひげ》が山ほど生えてきて、狼にならなくても狼のようだ。あるいは髪が薄くなって禿《は》げ上がり、染みだらけの汚い顔になるかもしれないな」

「サライ……」

笑いながらサライは言っているが、人が老いていくうちには、そうなることも多々あるのが事実だった。

その時、楼閣に吊《つ》られた鐘が鳴り始めた。小間使いの少年が、オーギュストの到着に備えて見張り番をしていたのだろう。

しばらくすると邸から、色とりどりの衣服を纏《まと》った、華やかな一団が現れる。オーギュストを出迎えるために、家族全員、さらには使用人達までもが出てきたのだ。

「オーギュ、愛されてるっていうのも、面倒くさそうだな」

「ああ、三日もすると、独りでいたいと思うようになる」

「俺を口実にして、独りになるといい」

「ありがとう……そうするよ」

宮中にいても、邸に戻っても、どこにいてもオーギュストは孤独だ。大勢の取り巻きに囲まれ、華やかに笑いながら、それでもオーギュストの心はいつも独りぼっちだった。

まずサライは、オーギュストの母のマリエの肖像から描き始めた。レオナルドの弟子だったというだけで、男爵はサライを特別に優遇すると申し出ている。もしかしたら残っている娘の一人を、嫁がせるつもりだったのかもしれない。

だが男爵の思惑は外れた。この客人は、男爵家自慢のワインにも口を付けず、豪華な夕食に列席することもなく、清浄な水と新鮮な生肉以外、何も欲しなかったからだ。

「オーギュスト、彼が……その……いわゆる番と言われる相手なのか？」

若くて色男のサライを、最初は警戒していた男爵だが、人狼と知って安心したのか、マリエが大きく胸元の開いたドレス姿で描かれることを許した。花に囲まれ、しどけない姿でソファに横たわるマリエを見ながら、男爵はオーギュストに訊《き》いてくる。

「ダ・ヴィンチの弟子なら、フィレンツェの貴族の子弟だろうか？」

「そうですね。うちと似たような家系のようですよ」

男爵の心配していることは分かっている。サライが番だったら、どれぐらいの割合で自分達も彼を支援しなければいけないのか、現実的な心配をしているのだ。

「父上、まだ彼が番かどうか分かりません。私は儀式を終えておりませんから」

「そうだったな……」

ではいつになったら、儀式をするべきなのだろう。あまりにも若すぎると、番との情交に支障をきたすし、成長しない不自然さが目立つからいけないということだ。けれどあまりにも老いてからでは、番となる者をがっかりさせてしまうだろう。

やはりもっとも美しい今なのだろうか。

オーギュストはマリエを見る。まだ十分に魅力的ではあったが、以前よりふっくらしていて、体の線も弛んでいる。男爵が溺愛しているのを知っているから、宮中にいる女達のように、美を守るために必死になっていないからだろう。

油断すれば、オーギュストもすぐにそうなる。一度衰えたものは、人狼になれば戻るかどうかは分からない。醜くなってから、残り四百数十年も生きるのは真っ平だった。

美は絵画や彫刻にしか残せない。けれど人狼だけは、儚くなるまで今の美しさを維持することが出来る。なのにわざわざ老いてから人狼になるほど、愚かなことはなかった。

「宮中から、連日のように手紙が届いているが、どうするつもりだ、オーギュスト？　王は、どうしてもおまえを呼び戻したいようだな。儀式を終えた後、また宮中に戻るか？」

「いえ、いろいろと面倒なことになっているので、サライが番だとはっきりしたら、彼と共にフィレンツェに行こうかと考えています」

「何もそんな遠くに行くこともあるまい」

男爵は納得出来ないといった顔になる。貴族の子弟だったら、遊学するのはよくあることだ。フィレンツェは革新的な都市で、若者が学べるものは多い。なのに反対する理由は、せっかく宮中から戻ってきたオーギュストが、また出て行ってしまうのが嫌なのだろう。

「儀式だって急ぐ必要はないのだ。まだ時は十分にあるのだから」

「はい……」

けれど男爵に言われたことで、かえってオーギュストは儀式を急ぐ気になってしまった。

異国への旅は魅力的だ。少なくともこの邸で、家族の機嫌を取りながら暮らすより、はるかに刺激的で充実した日々が過ごせるだろう。

「サライ……」

何気ないふうを装って、サライの背後に立つ。そして耳元に顔を寄せて囁いた。

「決めた……今度の満月の夜に決行する」

サライは答えず、ひたすら絵筆を動かしている。

「何か必要なものはあるだろうか？」

その問いかけにはすぐに答えてくれた。

「何も……必要なのは、何が起きても狼狽《うろた》えない、自制心だけさ」

「それなら、十分にある」

オーギュストは鏡に映る、自分の姿を確かめる。

銀色にも金色にも見える、柔らかな髪。瞳は紫にも見える深い青で、唇は木苺《きいちご》を食べたばかりのように赤かった。この容姿に惹かれる画家は多く、幼少の頃より何度も天使の姿で描かれたりしている。

背は特別高くはないが、この国の若者としては平均的な高さだろう。ジャルジェ男爵家の男達は、戦いに優れていなければならない。そのために幼少より剣や弓矢を教えられ、日々鍛えてきた。だから老いた貴族のように、だぶだぶに弛んだ腹になどなっていない。ほとんど無駄肉のない、すらりとした美しい肢体だった。

この姿が、四百八十年続くのだ。

そう思うと、自分が半分獣になることも、おぞましいとは思えない。

「これまで以上に、銀毒には注意しろ。あの痛みは、最悪だ」

サライはマリエの肌を美しく輝かせるように描きながら、顔をしかめた。

「経験あるのか？」

「ああ、銀の燭台《しょくだい》を盗んだら、見つかってその先端で刺された。傷はたいしたことはなかったが、いつまでも治らずに痛みが続いた」

「そんなに酷《ひど》いのか……」

生まれたときから、人狼となるべく大切に育てられたオーギュストは、銀器に触れたことがない。病に罹ることもない人狼だが、銀だけは避けねばならなかった。触れただけで、火傷《やけど》のように皮膚が爛《ただ》れるというが、どんなものかオーギュストには想像も出来ない。

「人狼になれば、自分で狩りが出来るから、食事には困らないがな」

　これまでオーギュストは、食事に困った経験がない。生まれつき、新鮮な肉しか食べられないのだが、従者のベリーがいつでも用意してくれる。宮中にいる間も、ベリーが届けてくれる肉だけで、オーギュストにとっては十分だった。

　だが、レオナルドの元に弟子入りしていたサライは、他にも弟子や使用人がいる手前、いろいろと苦労してきたのだろう。

「宮中で不思議がられなかったか？　宴席でも、何も飲まないし、食べないんだから」

「この美しさを維持するため、特別な食事を摂《と》っているって言いふらしていた。嘘じゃない。本当のことだろ？」

　酔って自分を見失うまで、人はどうして酒を飲むのだろう。パンと肉があれば十分だろうに、なぜ、あんなに多くの料理をテーブルに並べているのか。食べるという楽しみを知らないオーギュストは、いつも疑問に思っていた。

　サライは狩りを楽しんでいるが、もしかしたら狩りの楽しみが、人のいう美食の楽しみと同じなのだろうか。そう思うと期待が持てる。

「マダム、お疲れでしょう？　陽《ひ》も陰ってまいりました。今日はこの辺で」

　サライから言われて、マリエはほっとした様子を見せる。そしてすぐ侍女に、菓子を用意するよう命じていた。

　マリエが出て行くまで、サライは背景などに手を加えながら、時折じっとオーギュストを見つめる。

その顔には、期待感が滲《にじ》み出ていた。

ついにこの時が来たのかと、わくわくしているのだろう。

「銀毒には、番の精が一番効くそうだ」

いきなり言われて、オーギュストは混乱する。番の精が何か分からないわけではないが、そんなものに解毒効果があるなど知らされていない。

「えっ……だったら、番がいないと大変なことになるだろう？」

「少しの毒なら、時間を掛ければ体の外に出せる。だが、心臓を銀の短剣で刺されたり、矢尻に銀を用いたもので射貫《いぬ》かれたら完全に終わりさ。それ以外の銀毒の傷は、番の精があれば治すことも可能らしい」

恐ろしい話を聞いても、オーギュストには実感が湧かない。武術の鍛錬はしてきたが、実際の戦場に出たこともないから、痛みというものをほとんど知らないせいだ。

愛されるがゆえに、世間はあまりにもオーギュストに対して過保護だった。そうさせてしまうのもオーギュストの力ではあるが、もうそんなに甘えてばかりもいられない。

儀式を終えたら、本当に成人したことになる。その先に続く長いときを、人狼らしく生きていかねばならない。今はこうして優しくしてくれる家族も、オーギュストだけを残して、皆、儚くなってしまうのだ。

「ローマには、俺達の最大の敵がいる」

サライは筆を置き、真剣な眼差《まなざ》しでオーギュストを見つめてきた。

「敵って？　人狼は神のように崇《あが》められる存在なんだろう？」

「俺もそう教えられてたよ。ところが俺達を毛嫌いするやつらが現れたんだ」

それは誰だろう。近隣諸国の王か、または貴族だろうか。オーギュストには思いつかない。

「特別な存在だから、大切に隠され、護られているもんだと俺もずっと思ってた。だが、そういうのは少し前のいい時代までさ。俺達は、常に敵と対峙《たいじ》して生きていかないといけないんだ」

「教えろよ。敵って誰なんだ？」

そこでサライは周囲を窺《うかが》う。誰かが聞いていないかと、心配しているようだ。

「ここは狼の一族ばかりだから、安心していいよ」

部屋にはもう誰もいない。男爵とマリエは、別の部屋に移動していた。オーギュストの前で何か食べることは失礼に当たると思っていて、遠慮してくれているのだ。サライも安心したのか、恐ろしい名前を口にした。

「敵はローマ法王と法王庁さ。罪のない人々を勝手に異端だと決めつけて罰しているが、ついに俺達の秘密もやつらは嗅ぎつけたんだ」

「法王が……そんな……」

オーギュストはまだ神を信じていた。首には純金の十字架を提げている。ミサには出るし、夜、寝る前には神に祈っていた。

自身は確かに異端のものではあるが、それすらも神の意思で作られたと思っていたのだ。

「法王は俺達をやっつけるために、銀の矢尻や弾丸を用意して、狩人を雇ってるそうだ」

「そんな……それは、ローマだけのことじゃないのか？」

「今はそうかもしれない。だが、法王の言葉は絶対だ。そのうち、どんどん広がっていくに決まってる」

そこでオーギュストは、クルトーの伝説を思い出す。頭が良くて、人を襲い喰う狼。そこに人狼の姿を重ねたのだろうか。

「ローマを作ったのは、狼に育てられた双子だ。敵に捕まって川に流された双子を、牝《めす》狼が育てたんだ。そんな伝説があったから、ローマじゃ狼は神聖な動物だったのに……法王の信じる神とは、無関係だってことらしい」

サライは怒っている。レオナルドは何度か教会から糾弾されていたから、その影響で教会嫌いになったのかもしれない。

「法王達の信じる神は、いつだって残酷だ。何度も大洪水や稲妻で人々を殺してる。神から作られたものじゃない俺達は、人間以上に嫌われて当然なのかもしれないな」

「そうなのかな。人狼は世界に秩序をもたらし、命を救うものなんだろ？」

「やつらにとっちゃ、奇跡を起こしていいのは神だけだ。俺達が血を与えて、勝手に病人を生き返らせるのは許せないとさ」

オーギュストよりも早くに人狼となったサライの言うことだ。間違ってはいないと思うが、あまり信じたくはない。神は寛大で、何もかも許してくれるようならいいのにと思ってしまう。

「儀式を終えたら、気を付けたほうがいい。狼に姿を変えるときは、誰にも見られないように用心しろ」

「それはそうだな。まだ実感が湧かないけど、目の前で姿を変えられたら、誰だって驚くに決まってる」

子供じみたオーギュストの言い方に、サライは小馬鹿にしたように鼻先で笑った。

「覚えておけ。法王も、人間の姿のものを殺すことは出来ないんだ。狼になったときに狩られる」

「えっ……」

「人狼は特別な狼だから、狩人も覚えやすいんだろう。銀の弾を撃ち込まれないように、気を付けろよ」

「あっ……ああ」

儀式を行うつもりだったが、少し怖くなってきた。オーギュストはまだまだ子供で、経験値も少ないから、いざとなったら上手《うま》く戦えるか自信がない。やはりもう少しいろんなことを学んでから、儀式を迎えるべきなのだろうか。

「怖くなったか？」

サライは立ち上がり、オーギュストに近づいてきてその肩を抱く。

「大丈夫だ。俺が護ってやるから」

「う、うん……」

「一人だったら危なくても、番がいれば大丈夫さ。相手の精が、銀毒の毒消しにもなるなんて、凄《すご》いじゃないか。怖がることはないよ」

その言葉に、オーギュストはサライの狡猾さを感じ取る。

やはりサライも銀毒が怖いのだ。その難を逃れるためにも、一日も早く番を見つけたいのだろう。そのためにはオーギュストが番になれるのか、すぐにでも確かめたいのだ。

「サライが番じゃなかったら、俺はどうやって番を探せばいいんだろう？」

「そうだな。まずは有力な人狼のところに、挨拶に行けばいい」

「他の人狼を知ってるのか？」

「ああ……俺の親は当てにならないからな。レオナルドが調べてくれたんだ」

その名前を口にするとき、サライは悲しそうな顔になる。最愛の人を失ってしまうと、そう簡単に忘れることは出来ないらしい。

「レオナルドが狼だったらって、いつも思う。最初は、息子みたいに愛してくれて、それから恋人として愛してくれて……最後は、また息子みたいに愛してくれた」

そう言われても、オーギュストはどう答えたらいいのか分からない。大勢の人間から愛されてはいるが、オーギュスト自身が愛したことは、一度もなかったからだ。

「おまえにもちゃんと教えてやるから安心しろ。人狼はおまえが思ってるより人勢いるんだ。きっと誰かが力になってくれるさ」

サライ以外の人狼には、まだ会ったことがない。彼等と出会えるのも楽しみの一つだ。

「儀式は満月の夜に限る。月の光は、俺達に特別な力を与えてくれるらしい」

「今度の満月の夜に……先代の心臓が置かれている教会でやろう」

「教会？」

「当家の領地に、昔からある教会だ。ずっと前は、何か別の神の神殿だったらしい。そこに今は教会を建てている。神父も一族の者だ」

古代には狼を祀《まつ》る神殿だったのかもしれない。それを賢い先代が、わざとキリスト教の教会で隠したのではないだろうか。

「楽しみだな、オーギュ。おまえを番に出来たら、もう最高だ」

オーギュストはそこで蠱惑《こわく》的な笑みを浮かべてみせる。今更サライに媚《こ》びる必要などないのに、自然とそんな表情を浮かべてしまうのが、オーギュストは悲しかった。

美しい月の夜には、世界中いたるところに散った人狼達が、同じように空を見上げているのだろうか。

オーギュストは時折空を見上げながら、夜の森を教会に向かって歩く。付き添っているのはサライとベリーだけだった。狼になった姿は、出来れば誰にも知られたくない。だからもっとも信頼できる二人だけにしたのだ。

「あれが、教会だ」

森が途切れた先に、新しい教会の建物があった。男爵は領民のために、教会に多額の寄付をして、いつも最適な状態を保たせているのだ。

教会の側には墓地がある。そこには代々の男爵家当主が眠っていた。その中には、人狼だった者もいるのだろうか。

「オーギュのご先祖様は、何をしていたんだ？　俺のご先祖は、ローマ時代から続く商人の家系だ」

墓を見て、サライは訊いてくる。

「男爵家は騎士の家系だ。狼の一族だから、皆、勇猛果敢で強い。父も、今は戦争に出ていないから物静かだが、戦いになると人が変わる。この国もずっと戦争が続いているから、王にとって俺達は重宝な存在なのさ」

人狼になったら、戦に出てもいいなとオーギュストは思う。けれど王や他の貴族は、果たしてそれを許すだろうか。オーギュストが傷つくところなど、誰も見たいとは思わない筈だ。

だからといって、宮中の飾り物でいるのはうんざりだった。あのまま宮中でただちやほやとされ、人々を騙して適当に生きていたら何が残るだろう。そんなものは人狼のすべきことではない。

教会の扉が開かれ、三人は地下の遺体安置所に入っていく。生粋の人間であるベリーは、やはり怯えていたが、オーギュストとサライは何も恐れてはいなかった。

昔から闇は怖くない。むしろ居心地がいいぐらいだ。しかも暗くても、ものがよく見える。この力は宮中でもとても役だった。燭台を持ち歩かなくても、夜の城内を思うままに移動出来たからだ。

「若様……あれでしょうか？」

どこかオーギュストに似た面差しの、天使の姿が彫り込まれた大理石の棺《ひつぎ》がある。その中に先代の心臓が保管されていると教えられた。

ベリーは棺の蓋をずらしていく。松明《たいまつ》の灯《あか》りに照らされた内部には、遺体は安置されていない。代わりに真っ赤なルビーが埋め込まれた、金の容器が入っていた。

「死ぬときは、心臓の保管を信頼出来るやつに任せるんだ。そうしないと、次代の人狼が生まれなくなっちまうからな」

サライは興奮した口調で言ってくる。すでに自分は儀式を終えた先輩だから、いろいろとオーギュストに教えるべきだと思っているのだろうが、いきなり言われても途惑うばかりだ。

「保管は番に任せるのが一番だ。オーギュが俺の番になったら、よろしく頼む」

「あ、ああ」

オーギュストは容器を取りだし、厳重に蠟《ろう》で封をされている蓋を開いた。

「……これが？」

驚いたオーギュストの動きが止まるのを見て、サライは経験者らしく鷹揚《おうよう》に頷いた。

「そうだ、それだ。まだ動いてるだろ。死んでから何十年も過ぎてるのに、心臓だけは生き続けるんだ」

「綺麗だ。まるで、大きなルビーの塊みたいに見える」

人の拳ほどの大きさの心臓は、光りを受けて輝いている。じっと見つめていたら、サライがいきなり服を脱ぎだした。

「それと言っておく。服を着たまま変身すると、とんでもないまぬけなことになる。脱いだ服は盗まれないようにしておかないと、元に戻ったとき、亭主に見つかった間男みたいにみっともないことになるから用心しろ」

「そうか、脱ぐんだな。これを食べたら、すぐに変身するのか？」

「したいと思ったら、すぐに出来るようになる。痛みも何もない、一瞬だ」

そこでオーギュストも着ているものを脱ぎ始めた。サライはじっとその様子を見つめている。

「何だよ？　男の裸なんて、見慣れてるだろ？」

「見慣れてるさ。だからこそ、本当に美しいものが分かるんだ」

見られていると知ると、オーギュストの動きはわざとのようにゆっくりになる。

そういえば幼少の頃から、絵描き達はオーギュストを描くのにわざわざ裸にしたがった。そんなに裸は見たいものなのだろうか。

唯一、オーギュストの裸を見慣れているのはベリーだ。入浴から着替えまで、すべての世話をしているから、誰よりもよくオーギュストの体のことは知っている。

ベリーがどんな思いでオーギュストの体を洗っているのか、想像したこともない。もしかしたらベリーも、内心では裸のオーギュストに対して欲情しているのかもしれない。

「もっと痩《や》せているのかと思った。意外だ、しっかりした体をしている」

「騎士の家系だ。戦えない男は、男爵家の男じゃない」

服を着ていると、少年のようにも見えてしまう。だがこうして脱ぐと、もう成人した男だというのがはっきりしていた。

「そんな体じゃな。宮中にいたら、誘惑も多かっただろう」

少し悔しそうにサライは言う。サライにも口説いてくるような相手はいたかもしれないが、レオナルドとの関係を大切にしたかっただろうから、浮気なんてそうそうしなかっただろう。そうなれば見かけに比べて、たいして色事の経験はない筈だ。

「色事のこつは、簡単に脱がないこと。それに……本気のキスはしないことさ」

「それで切り抜けたのか？」

「この黄金の指だけで……」

あそこを弄《いじ》られるだけで、どうして皆、ああも簡単に果ててしまうのだろう。不思議だ。何がどう気持ちいいのか分からない。なのにオーギュストは、詳しく教えられたわけでもないのに、指で相手を簡単に翻弄してしまう。

「誰にそんな悪いことを教わったんだ？」

サライの口調に、いつの間にか嫉妬が混じっていた。

人の持っているものを欲しがる男だ。最愛のレオナルドからだって、絵の構図や描き方を盗んでいる。今はオーギュストの才能が欲しくて、苛《いら》ついているのかもしれない。

「絵描き、武術の師、音楽の師、ラテン語の師……神父、通りすがりの商人……貴族」

「ああ、いい、もう分かった。目が合った相手は、みんなその指で昇天させてやったのか？　だが、番が出来たらそうはいかないぞ」

「まだ番になれるかどうかも分からないのに、今から嫉妬してるのか？」

オーギュストは笑いながら、体を見せつけるようにゆっくりとバ・ド・ショースを脱ぎ捨てた。

股間の柔らかな毛は、濃い金色に近い。真っ白な体の中、そこだけ色を塗ったかのようだ。

「羽はどうした？　広げないのか？　天使なんだろ」

サライはからかうように言ってくる。

「いや、これでも狼だ。サライ……狼になってみせてくれ。真似するから」

「嫌だね。自分でやってみせろ」

「やり方が分からない。ただ食べるだけでいいのか？」

「そうさ。今更、怖じ気《おけ》づいたのか？」

変身するつもりで裸になったのだろうに、サライは見本を見せてくれるつもりはないらしい。どんな狼になるのか知りたかったが、怖じ気づいたと思われるのも癪《しゃく》で、オーギュストは思い切って心臓を手にした。

食べることには何の抵抗もない。けれど味わったりするのはさすがに失礼だと思って、急いですべてを呑《の》み込んだ。

すると体の中で、何かが燃え始めた。身籠もったらこんな感じだろうか。いや、違う、もっと熱い、火の塊が出来ていくような感じがした。

全身が総毛立つ。そしてこれまで感じたことのないほど強い力が、体中に溢れていくのを知った。

「熱い……」

「心の中に、狼の姿を思い浮かべるんだ。狼だ。狼になれ、オーギュ」

叫んでいたサライの姿が、次の瞬間消えたように見えた。松明の灯りが届かないところに目を向けると、狼が蹲《うずくま》っている。少し赤茶けた被毛に覆われた、イタリア狼がそこにいた。

「狼……狼になってる。なれるのか、あんなふうに。どうか、力を……狼になる力を……」

強く願った途端に、体がふわっと軽くなったような気がした。痛みはないが、全身が縮んだような気がする。

それはそうだろう。それまで立っていたのに、四つん這《ば》いになっていたからだ。

肝心なことを忘れていた。狼になったら、普通に話すことはもう出来ない。狼らしく、ウォウォッと吠えているだけだ。サライにこれからどうするのか訊きたくても、言葉が出て来ないからどうすることも出来ない。

するとサライは、何もかも分かっているというように、オーギュストを外へと誘った。

以前から暗闇でもよくものが見えたが、それ以上によく見える。満月の光だけで、世界は昼のようだった。

サライは慣れた様子で森に入っていく。人が訪れることのない夜の森は、獣達が支配する世界だ。樹上では梟《ふくろう》が、低くホーホーと鳴いている。下草の間を走り回っているのは、野ねずみの一団のようだ。

狼や狐《きつね》は、人狼に敬意を払っているのか姿を見せない。そのとき目にしたのは、まだ若い牡《おす》の猪《いのしし》だけだった。

狩れとでもいうように、サライは猪を示す。けれどいきなりでは、どう戦っていいのか分からない。相手は自分とたいして大きさも違わない猪だ。弓矢と剣を携え、馬上で狩りをするのとは違う。この身一つで戦わないといけないのだ。

サライは慣れた様子で風下に回る。そして気配を消して、じっと猪の様子を見ているが、その姿はまさに狼だった。

そこでオーギュストは、疑問が浮かんできてしまった。

別に今は空腹ではない。狩りを楽しみたいとは思わなかった。それよりもっと大切なことがあるのではないか。お互いが番なのかどうか、知りたくはないのだろうか。

そんな考えに取り憑《つ》かれたオーギュストの不用意な動きのせいで、猪は二人に気付き逃げ出してしまった。

「ウ――――ッ！」

サライが怒って牙を剥《む》きだしている。そしていきなり飛びかかってきた。

激しい噛《か》み合いになった。変身したばかりだが、そう簡単に負けるわけにはいかない。教えられたわけでもないのに、オーギュストは狼らしく果敢に戦った。

しばらくするとサライは離れ、そして人間の姿に瞬時に戻った。

あれだけの戦いの後では、かなり傷ついた筈だ。そう思ったが、人間になったサライの体には傷一つない。あっという間に、治ってしまったようだ。

「戻れよ……」

不機嫌そうにサライは言う。

「狼になるときと同じだ。元に戻れって、強く意識しろ」

こんなに簡単に変身出来るとは思わなかった。頭で考えただけで、オーギュストは瞬時に元の姿に戻っていたのだ。

「思い切り噛んでくれたな」

怒られても、オーギュストは素直に謝る気持ちにはなれない。先に仕掛けたのはサライだ。

「そっちも噛んだだろ」

「ああ、噛んだ。何度も噛んだ。だけど……」

何を思ったのか、サライはオーギュストの腕を強く引き、そのまま地面に押し倒す。そして人の姿に戻ったというのに、オーギュストの体に歯を食い込ませた。

「痛いじゃないか。離せよっ！」

オーギュストは乱暴にサライの体を押し戻す。するとサライは、悲しげな顔をしてオーギュストを見つめてきた。

「痛いだけか？」

「痛いだけだよ」

「そうか……だったら……」

その先は聞かなくても分かった。こうしてサライにのしかかられても、何も感じない。性的な興奮はもちろん、愛の感情も湧き上がってはこなかった。

「サライ、すまない。どうやら俺達は」

「分かってる……番にはなれない」

サライはそこでオーギュストの体から離れ、膝を抱えて押し黙る。

「残念だ。サライのことは好きなのに」

「嘘を吐くな。ほっとしてるんじゃないか？　俺みたいな嘘吐きの盗人は、自分の番に相応《ふさわ》しくないって思ってたんだろ」

「そんなことはないよ」

「誰にでも愛されたいオーギュ……だけど、人狼仲間にまで嘘は吐くな」

嘘吐きなのはお互い様だ。サライに嫌いなところがあるとすれば、それは自分ととてもよく似た部分があることだった。

「本物の番だと、どうなるんだ？」

「……触れ合っただけで、体中が痺《しび》れたみたいになるらしい。噛まれると……いっちまったみたいに感じるんだとさ」

「……そ、そうか」

噛み合っても、ただ痛いだけだった。こうして間近にいて、触れ合ったりしても何も感じない。

「サライを好きなのは、嘘じゃない。嫌いなところもあるけれど、それはみんな、俺も持っているんだ。鏡を見ているみたいで、時折嫌になる」

正直に告白したら、サライはやっと顔を上げた。そして寂しげに微笑む。

「おまえを番にしたかったのは、綺麗だったからだ。こんな綺麗な番がいたら、自慢出来るって、それればかり考えてた。外側だけ欲しがったんだよ、ごめんな、オーギュ……」

「いいんだ……本当に残念だな」

「んっ……これからは兄弟として付き合おう。オーギュを好きなのは、ずっと変わらないから」

「そうだね。兄弟になろう」

そこで二人は、再び抱き合う。そこにはもう何の欲もなくて、ただ穏やかな優しさがあるだけだった。

「おまえじゃないなら、俺の番はどんなやつなんだろう？」

月を見上げて、サライは呟く。

同じことを、オーギュストも思った。

「俺は馬鹿だから、頭のいいやつがいいな。それと俺はずる賢いから、そんなとこも許してくれるようなやつがいい」

サライの望みを聞いて、オーギュストは思わず微笑んでしまう。そんな望みどおりの番が、果たしているのだろうか。

「なぁ、もしかして、牡と牝の役割があるんじゃないか？」

「えっ？」

「オーギュと俺だと、どっちが牡なんだ？」

「それは……」

微妙な問題に、オーギュストは言葉を失う。自分は男も女も相手にしてきたが、恋愛ではなくてただの遊びだ。本気になったときは、どっちの位置にいるのだろう。

「レオナルド先生とは、その、どうやってたんだ？」

「俺は子供だったんだ。何も知らないガキさ。それでどうしろってんだ」

「大人になってからも、ずっと付き合ってたじゃないか」

「ああ、ああ、そうだよ。レオナルドに、いつも押し倒されてたさ」

大人の男として、サライは優位を示したかっただろうか。そうなると自然に、サライが牡の地位にいることになる。どうもそれはあまり似つかわしくない。

「サライ、もしかして俺達、牝なんじゃないか？」

「そんなことあるもんか。人狼なんだから、相手によって変わるに決まってる」

男の自尊心というやつだろうか。あくまでもサライは牡でいたいらしい。

「だけどオーギュは、自分より綺麗な牝役を見つけるなんて、絶対に無理だな」

はっきりと言われて、オーギュストは途惑う。自分より美しいものなんて、たとえ人狼でもいる筈がない。そうなるとオーギュストは、獣のような牡の匂いをぷんぷんさせている人狼を探さないといけないのだろうか。

「どんなのがいい？　体は、大きいほうがいいか？　頭の出来は？　おまえはちゃんと貴族の教育を受けてるから、出来れば同じように貴族がいいんだろ？」

「そうだな。あまり……暮らしぶりの違う相手だと困るかもしれない」

身を隠す城や、狩り場の森を持っている番だといい。さらにはオーギュストがいつも美しくいられるように、衣服や装飾品を気前よく与えてくれるような相手がよかった。

「いつか……見つかるさ。絶対に見つかる筈なんだ」

サライは自分を励ますように言っているが、それは見つからないかもしれないという不安を打ち消すための、呪文のようにオーギュストには聞こえた。

河原の小石の中から、貴石《きせき》を拾おうとしているようなものだ。たった一人を見つけ出すのに、世界はあまりにも広すぎる。どんなに思っても、未だに番はオーギュストの前に現れない。

人狼となってから二十五年、番を見つけ出すために故郷を離れ、オーギュストは他国に出向いていたが、父が老いたことで故郷に戻らねばならなくなった。

それまでは有力な貴族である人狼の邸で客人となったり、傭兵《ようへい》として戦地に赴いたりもした。戦いは性に合っていたらしい。どこでも優秀な戦士として称讃《しょうさん》され、負けるということは知らないままだった。

本来ならそうして戦果を積み上げ、軍人としての地位を上げていくものだ。けれどオーギュストは、何年も同じ部隊で戦い続けるわけにはいかない。

若く美しいままの軍人は目立ちすぎる。残念だがどんなに戦いが好きでも、オーギュストは将軍にまで上り詰めることは出来ないのだ。

オーギュストはベリーに馬の手綱を持たせて、小川に向かっていく。綺麗な流れは変わらない。そこに映る自身の姿も変わらなかった。小川に手を入れると、美しい姿はふっと歪《ゆが》む。オーギュストは水を掬《すく》い、口元に持っていった。

「この水だけは変わらない」

二十五年の時が流れたのだ。青年だったベリーの髪は白くなり、愛嬌《あいきょう》のある顔も皺《しわ》が多くなっていた。父の男爵はもう戦場に行くことはなくなった。宮中にも出向かず、今は邸で静かに暮らしているという。

オーギュストの母のマリエと、男爵の正妻は亡くなった。一人になった男爵を、十人の娘とその子供達が、代わる代わる邸を訪れて慰めているということだ。

「男爵様も、若様のお帰りを喜ばれることでしょう」

そういうベリーも、久しぶりに家族に会えて嬉しい筈だ。けれどオーギュストだけは、素直に帰郷を喜べない。

「故郷に戻ったというのに……いきなり難題を与えられるとはな」

邸に戻る前に、王に謁見《えっけん》した。そのときの王の驚いた様子を、オーギュストは思い出していた。

「オーギュスト・ジャルジェ準男爵の子息だというのか？」

オーギュストが側近くで仕えていた頃はまだ青年だった王も、すでに壮年になっている。戦いに明け暮れる王は、自ら捕虜になったりしたこともあり、さぞや苦労も多いのだろう。疲れ切った様子だったが、それでもまだ、オーギュストを見る目に以前と同じ欲望の光はあった。

「実によく似ている。まるでオーギュストがそこにいるかのようだ」

フィレンツェの商人の娘に、オーギュストが生ませた子供。そういう設定になっていたが、オーギュストをよく知る人間だったら、本人そのものに見えるだろう。

「そなたの祖父であるジャルジェ男爵は、戦場に何度も出向き、余によく仕えてくれた。だが、オーギュストは何度も召還したのに、戻って来ることはなかったな」

非難がましく言われて、オーギュストは恐縮する。だが今のオーギュストにとって、一番重要なのは戦果を上げることではない。何よりも優先しなければいけないのは、未だに見つけられない番を探しだすことだ。

「オーギュストは何で亡くなった？」

王は納得していないらしい。もしかしたらここにいるのは、オーギュスト本人だと疑っているようだ。

それにしては若い。歳を取らない人間はいないから、王としてはそこが理解出来ないのだろう。

「流行病で亡くなりました……」

「亡骸《なきがら》はどうした？ フィレンツェから運んだのか？」

「いえ、病に冒されていたので、火葬いたしました」

「焼いたのか？ あの美しい男を！」

そこで王は、皮肉っぽい笑みを口元に浮かべる。

「そうか……では、そういうことにしておこう。それで、そなたが男爵家を継いで、ジャルジェ男爵となるのか？」

「はい……そのために、呼ばれました」

「なるほど……その体の半分はフランスで、半分はイタリアということだな」

だからどうだというのだ。この時代、国という概念は曖昧で、貴族はそれぞれの領地で小さな王国を作っているようなものだった。フランスに領地を持っているのだから、母親の出自はどうでもいいように思える。

「父の生地を訪れず、フィレンツェにずっといたのはどういうことだ？」

「母の身分が低かったので、嫡子として名乗りをあげるのが憚《はばか》られました」

「余程美しい女なのだろうな、そなたの母上は。フィレンツェに置いてきたのか？」

「いえ……かなり前に、やはり流行病で亡くなりました」

そこで王は、ついに笑い出した。その笑い声は、謁見の間の天井に響き渡るほど大きなもので、オーギュストは思わず王の正気を疑ってしまったほどだ。

「レオナルドは天才だった。妙な薬……たとえば、不老長寿の妙薬など、作っていたかもしれんな。用心しろ、ジャルジェ男爵。余は、科学の奇跡に関して寛大だが、教会はそうではない。異端のものに対して、容赦ないのが事実だ」

やはり戻るのが早かったのだと、オーギュストは後悔した。本当はもう少し足を延ばして、イベリア半島まで行ってみたかったのだ。けれど長旅をさせるには、ベリーは少々歳を取りすぎている。それに父も老いてきたので、離れているよりは側にいるべきだと思って帰国した。

皆がオーギュストのことを、完全に忘れるまで戻らなければよかった。せめて王が儚くなるまで、待つべきだったのだ。

「秘薬に頼りたい気持ちは分かる。そのように美しく生まれてしまったら、何よりも恐ろしいのは老いることだろう」

レオナルドを庇護《ひご》した、科学に理解のある王だ。レオナルドの力だと誤解しているようだが、勝手に推理させておけばいい。オーギュストはそう開き直ってしまった。

すると自然と笑みが浮かんでくる。誰をも魅了する、蠱惑的な笑みだった。

「オーギュスト……その美を手に入れるために、どんなことをしたのかまでは追究しない。そなたが去った後、会いたさに余がどれだけ身を焦がしたか知ったら、この寛大さに感謝する筈だ」

寛大というのは、オーギュストの嘘を許すという意味だろうか。ではその交換条件として、またあの夜の続きをと所望するつもりかもしれない。

だが今回は、指先だけで逃れることは難しいだろう。王も色事の経験をかなり積んできている筈だ。子供の数も多く、王が精力家だというのは分かっている。

困ったことに、儀式を終えてからというもの、オーギュスト自身が発情することは皆無になっている。その場限りの戯れだとしても、色事師を演じるのは面倒なのだ。それが仕える王相手となったら、ますます気が重い。

「こちらに……オーギュスト・ジャルジェ男爵」

王は近くに寄れと言う。私はオーギュストの息子です、何も知りませんと惚《とぼ》けることも出来たのに、オーギュストは一言も言い訳せずに、王の側に黙って跪《ひざまず》いた。

「どんな魔力か知らぬが、変わらず美しい……。けれどオーギュスト、戻るのが遅すぎた」

「……と、申しますと？」

オーギュストは思わず顔を上げてしまう。すると、悲しげな王の瞳をしっかりと見つめることになってしまった。

「もう伽《とぎ》を命じることが叶《かな》わぬ」

ため息と共に、王は告げる。

男としての役目の一つを、王は終えたのだ。

「少しでも余の思いに報いる気持ちがあるなら……オーギュスト。今からは、余の警護役になれ」

「警護役ですか？」

そんな役目なら、いくらでも腕の立つ近衛兵《このえへい》がいるだろう。そう思ったが、王はさらにより近く顔を寄せてきて、不安そうに囁いた。

「何者かが、刺客を雇い入れたようだ。イタリアかスペインが送ったのか、または新教徒か……その正体を調べ上げ、余を護るがいい。そうすれば……過去の遺恨はすべて水に流そう」

「私に、そんな大役を？」

「今は、宮中の者が、誰も信じられない。まさか、そなたもイタリアから送られた刺客なのか？」

「とんでもありません」

フランスとイタリア半分ずつ、そう言った王の真意が、これで分かったような気がした。

戦い続けた王は、どうやら敵を作りすぎたようだ。ここに来て王は安住の地を見失っている。自ら作り上げた美しい城の中にいて、姿の見えない刺客に怯えていたのだ。

「お護りいたします……我が君」

オーギュストは王の手を取り、そこに唇を押し当てる。

伽に応えることは出来ないが、王の寝所を警護する役目なら喜んでやる。何よりも人狼となってからさらに腕を上げたオーギュストにとって、敵という言葉は魅力的だったのだ。


邸に戻っても、父に挨拶してまたすぐに城に戻らねばならなかった。暗殺者はオーギュストの都合に合わせてはくれない。王と約束した以上、何があっても護らねばならないのだ。

もっとも邸にいても憂鬱《ゆううつ》になるばかりだったから、城にいるほうが救われる。何しろ父はすっかり老いてしまい、何を話し掛けても頷くばかりだ。思わず義母かと思って話し掛けた大人は義姉だったし、甥《おい》や姪がオーギュストより年上になっていたのだから。

「おまえにも苦労をかけるな。邸にいたければ、戻っても構わないが」

再び城に戻ると、オーギュストは馬を頼むときに優しくベリーに声を掛ける。

「いいえ、若様。城にお勤めとなれば、野宿も少なくなりますし、快適で助かります。それより若様……まだお探しの君が見つかっていないのに、城勤めに戻ってもよいのですか？」

両親よりも長い間一緒に暮らしてきたベリーは、誰よりもオーギュストのことを心配してくれている。人狼となってからの二十五年間、なかなか番を見つけられず、オーギュストが失意の日々を送っているのを知っていたからだ。

「いいんだ。探しても見つからないのは、まだ生まれていないのかもしれない。ローゼンハイム伯爵のように、百年以上、番に出会えなかったものもいるんだから」

サライが教えてくれた、もっとも力のある人狼の一人、ローゼンハイム伯爵とは出会えた。そこで何人かの番候補を教えられたが、残念ながら誰一人として、特別な何かを感じなかったのだ。

人狼は美しい容姿の者が多い。その中でもやはりオーギュストは際だっていたから、番えなかった者達の落胆は大きかった。それでも皆、別れ際には兄弟になろうと言ってくれる。そしていつでも自分を頼ってきてくれと優しい言葉を掛けてくれたのだ。

どうして彼等のような、優れた人狼が番ではないのだろう。百年待たねば、オーギュストの番は生まれて来ないのだろうか。

城では、昔と同じ居室を与えられた。寝台の掛け布は変わっていたが、椅子や机は以前のままだ。オーギュストはそこにいると、時が歩みを止めてしまったかのような気持ちになってくる。

「外側は変わらないのに、中身はどんどん成熟した大人になっていく。より狡猾になって、荒《すさ》んでいくばかりだ」

独り言のようにして呟くのを、聞いているのはいつでもベリーだけだ。

「私の命があるうちに、運命の方と出会えるといいのですが……」

ベリーとしても、オーギュストを一人にして死ぬわけにはいかないだろう。だがこの時代、五十歳というベリーの年は老齢といえるようなものだった。

「夜は、王の寝室で過ごす。俺に構わず、温かくしてゆっくり休むといい」

「はい……若様もお気を付けて。城には、油断ならない人が多くおりますから」

「そうだな。この世で一番怖いのは人間だ」

帯剣して、王の元に向かう。王の部屋の入り口には、屈強な衛兵が二人、すでに番をしていた。彼等は強そうだ。自分の出番はないのではないかとオーギュストは思った。

「見慣れない顔だな」

衛兵の一人が、にやにやと嫌らしい笑いを口元に浮かべながら、オーギュストを見ている。

「新しい小姓か？」

「王に呼ばれてまいりましたが……」

「そんなことは聞いてないぞ」

疑わしいといった感じで見ているところから察するに、王は寝室に若い男を呼ぶ習慣が今はないようだ。

「伽の相手だろ」

もう一人の衛兵が、声を潜めて言ってくる。

「それにしちゃ、立派なものをぶら下げてるぜ」

腰の剣を示して、衛兵はさらに嫌らしげに笑った。

「そんなもの握るより、もっと別のものを握りたいんじゃないか？　朝になったら、見張り番も明けるから、相手をしてやってもいいぜ」

オーギュストは大きくため息を吐いた。王がオーギュストを、いきなり呼び寄せるわけだ。強そうに見えたが、考えることがこの程度の衛兵しかいないとなったら、王も不安になるだろう。

剣を抜くと、衛兵の顔色が変わった。それでもまだ余裕はあって、若者一人くらい楽にねじ伏せられると思っているようだ。一人の衛兵は、また口元に笑いを浮かべている。

「おいおい、怒ったのか？　似合わないから、さっさとそんなものはしまえよ」

「怒る？　俺が刺客だったら、どうするつもりだ？」

にやっと笑って、オーギュストは最初に軽口を叩いた衛兵の剣を、その場で一瞬のうちに叩き折ってしまった。

衛兵は言葉もない。戦い慣れた兵でも、剣を折る者はそういない。ましてやオーギュストの外見は、色小姓の少年にしか見えないのだ。

「愚か者が、剣の手入れぐらいやっておけ」

続けてもう一人の衛兵の懐に飛び込み、その首に剣を押し当てる。

「隙だらけだ。いったい、何のためにここに立ってる。くだらない与太話をするために、一晩中、ただ突っ立ているだけかっ！」

衛兵を突き放すと、オーギュストはゆっくりと剣を鞘《さや》に戻した。

「オーギュスト・ジャルジェ男爵だ。今宵《こよい》より、王の警護を担当する。貴様ら、明日からは厩舎《きゅうしゃ》の番でもしていろ。王を護る資格などない」

「も、申し訳ありません、ジャルジェ男爵……」

衛兵が謝っているときに、扉が開いて王が顔を見せた。

「オーギュスト、何をしている？」

「衛兵と試し合いをしておりました。我が君、根元の錆《さ》びた剣など、衛兵に持たせるものではありません。よろしければ明日、衛兵の武器の点検を」

「そうか……そんなことも必要だったな」

王は笑ったが、その後で咳《せ》き込み始めた。急いでオーギュストは室内に入り、王を寝台へと向かわせる。

「お休みのところ、騒がせてしまい申し訳ありません」

「いや……いいのだ。これで、もう誰も、オーギュストを色小姓扱いは出来ないだろう」

「そうなってくれるとありがたいのですが」

教養もあり、冷静な判断の出来る王ではあるが、やはり暗殺者に怯えているのか窶《やつ》れていた。寝台に横たえた体を優しくさすると、王は目を閉じてじっとしている。

「何者が、刺客など放ったのでしょうか？　その情報は、どこから入手されましたか？」

「枢機卿《すうききょう》からだ。新教徒のせいだと言っているが、果たして本当にそうなのか……真実を知りたい」

三十年、王の治世は続いている。長くなればなるほど、反対勢力も育っていくものだ。けれど王一人の命を奪ったところで、この王朝が崩れるわけではない。王には跡継ぎとなる息子がいるし、息子が即位したら補佐してくれる腹心は大勢いるのだ。

「狙っているのは、余の命だけなのか。それとも王国そのものを滅ぼすつもりなのか。命が惜しいわけではない。狙われた理由を知りたいだけだ」

ありもしない暗殺という妄想に、王は怯えているのではないか。オーギュストが疑いを抱き始めたとき、部屋の外で衛兵の叫ぶ声が聞こえた。

すぐにオーギュストは剣を構え、暗殺者の襲来に備える。

人狼となってから、戦い方が変わった。死ぬ心配が減ったことでより剛胆になり、迷いなく戦えるようになったのだ。

自分の身を護ることは簡単だが、今回は王を護るのが第一だ。王は老い、体の動きも鈍くなっている。自身で身を護るなど、とても出来そうにない。

「我が君、こちらに」

オーギュストは王を、寝台の下へと押し込めた。

「ここに隠れているように……寝台をお借りします。無礼をお許しください」

「構わぬ……」

王が横たわっていた寝台に、オーギュストは代わりに横たわった。部屋は薄暗く、寝台の上部から下がった布が、オーギュストの姿を王と見間違うように助けてくれていた。

部屋の外では、派手な立ち回りが行われているようだ。応援の衛兵も駆けつけたようで、意味不明の叫び声がしばらく聞こえていた。

けれどそれもすぐに静かになった。同時に、すさまじい力で扉が破壊される。

オーギュストの全身が総毛立つ。まるで人狼に変身する直前のような緊張感に包まれていた。

何か違う。この暗殺者はただ者ではない。

剣を構えて、暗殺者が近づくのを待った。耳を澄まし、寝台までの足音で距離を測ろうとしたのだが、それが出来なかった。

暗殺者は一っ飛びで、寝台の上に飛び乗ってしまったからだ。

急いでオーギュストは、掛け布の下から暗殺者を突き刺す。手応えは確かにあったが、予想していたものとは違っていた。相手はまるでオーギュストの攻撃を予想していたかのように、素早く攻撃をかわしたのだ。

掛け布をめくり、再び斬りつけようとしたオーギュストだったが、自分の上にのしかかっているものの姿を見て、動きが凍り付いてしまった。

「おまえは……」

真っ黒で巨大な獣だ。目は赤く輝き、薄暗い中でも大きな白い牙がはっきりと見える。

オーギュストの剣は獣の腹を少しは傷つけたようで、剣の先に血が付いている。血が赤いところを見ると、魔界の生き物ではなさそうだが、こんな獣をオーギュストは見たことがない。

狼に似ているが、あまりにも大きい。毛がふさふさと長く、そのせいで余計に獣の姿が大きく見えていた。

獣は前足でしっかりとオーギュストの右腕を抑えてきた。剣を振れなくなってしまい、オーギュストは慌てて左手で短剣を取ろうとする。すると獣はその動きを読んだかのように、左腕に噛みついてきた。

「あっ！」

痛みはないが、目の前が一瞬で真っ赤になった。

それと同時に、久しく忘れていた猛烈な欲望がオーギュストの全身を貫き、あろうことか性器を硬くしていた。

「あっ……あっ、ああ……そんな」

噛んだ獣も驚いたようだ。慌てて牙を離し、オーギュストの体の上から飛び退《の》いていた。

「ウッウ――ッ」

低く唸《うな》りながら、獣はオーギュストを見ている。

オーギュストもまた、寝台の上で起き上がり獣を見つめていた。

「おまえは、誰だ。何者なんだ！」

「ウウウウウッ……」

獣に答えられる筈もない。そこで獣は、王の暗殺は諦めたのか、高価なヴェネチアガラスで作られた窓に体当たりして、外に飛び出してしまった。

オーギュストは急いで窓辺に寄る。かなりの高さがあったが、獣にとっては何の問題もないのだろう。その姿はすでに別棟の屋根に移っていて、じきに視界から消えていきそうだった。

血の跡が残ってはいたが、それを頼りに追っていくには、このままの体では無理だ。けれど追わねばならない。何がなんでもあの獣を追って、正体を突き止めなければいけなかった。

「我が君……」

オーギュストは寝台の下から、王を引きずり出した。

「とりあえずは安心です。すぐに衛兵を集めて、御身をお守りください」

「お、恐ろしい。あれは、何だったのだ」

「正体を突き止めてまいりますが……お願いが。今より起こること、決して口外なさらぬと約束してください。さすれば我が君、私は……この国の王家のために、生涯の忠誠を誓うとお約束いたします」

「約束はするが、オーギュスト。どうするつもりだ？」

そこでオーギュストは、着ているものをすべて脱ぎ捨て始めた。すぐ脱げるように特別誂《あつら》えの服を着ている。脱ぐのに手間は掛からない。

王の見ている前で、姿を変えることは躊躇《ためら》われる。だが、オーギュストはあの獣を追わずにはいられないのだ。

オーギュストはすぐに狼の姿となって、窓から外に飛び出す。背後で王が何か叫んでいたが、もう聞いている余裕はなかった。

血の臭いを辿《たど》っていくうちに、相手の匂いまでもが脳内にしっかり記憶されていた。狼の姿になれば、嗅覚は人の何倍にもなる。姿を見失っても、匂いが道案内をしてくれるのだ。

（あれは獣じゃない。人狼だ……そうでなければあんなことには）

噛まれた瞬間、自分を襲ったおぞましいほどの情欲を思い出して、オーギュストの足は一瞬鈍る。

（あれが、俺の番なのか？　まさか、あれが、あんなものが）

夜の中を、銀色の毛の狼が駆け抜ける。あまりにも速いので、その姿をしっかりと見る人はいなかった。

オーギュストは、狼になった自分の姿が本当はあまり好きではない。他の人狼はもっと狼らしく、立派な体躯《たいく》をしているのに、オーギュストは狼になってもほっそりしていて、銀狐にも見えてしまうくらいだからだ。

しかもこの被毛は、夜の闇には溶け込まない。すぐに居場所がばれてしまって、とても厄介だ。もしかしたら先代は、北の雪深い土地の出身だったのかもしれない。そんな土地だったら、この被毛も有効だろうが、夜でも灯りの消えないこの国では、目立ちすぎてしまった。

それでもオーギュストは、獣の匂いを追って走り続ける。追うのに役立つのは匂いだけでなく、犬や馬の鳴き声だ。どうやら獣は、近くにいるすべての動物に恐怖を抱かせるらしい。獣が走りすぎていくところでは、夜だというのに鶏《にわとり》さえ騒いでいた。

走っている間も、オーギュストの高揚感はなくならない。血が沸き立つ感じがした。

嚙まれたオーギュストに対して、嚙んだ獣はどう感じているのだろうか。やはり同じように興奮してしまって、狼狽えているのではないか。

それともあれは本当に獣で、人の姿になることはないのかもしれない。

人狼に対する知識の深いローゼンハイム伯爵に教えられた。狼でいることは心地いいが、ずっと狼の姿のままでいると、人間性が薄らいでいってしまうという。

あの獣は、そんな人狼なのではないかとの不安が、オーギュストをますます急がせた。

犬や猫の騒ぐ声は聞こえなくなった。人家のある辺りを抜け、獣は森に入ったようだ。

人間でいるときのオーギュストは、今やかなりの武術の達人だ。若い肉体のまま、何年も腕を磨いている。しかも命知らずで、見かけよりずっと胆がすわっていた。

けれど狼になると、あまり優秀とはいえない。大型の猪や熊相手では、狩れずに尻尾を巻いて逃げてしまう。動きは敏捷《びんしょう》なので、兎《うさぎ》や鹿を狩るのに苦労はしないから飢えることはないが、弱い狼であることが劣等感になっている。

だから森は苦手だ。狼の群れは、本能的に人狼に対して敬意を払ってくれるからいいが、愚かな猪の群れになど出会ったら最悪だ。

かといって狼として強くなりたいとは思わない。いや、思ったところでなれるものではなかった。狼としての力は、生まれつき授かったもののままなのだ。

獣に追いついたところで、戦いになったら勝ち目はない。相手が人狼かどうかも分からないのに、これはまさに無謀な賭けだ。いくら傷を治せる力があるといっても、バラバラに引き千切られてしまえば無理だ。死ぬ可能性もある。

それでも追う。もしかしたら番かもしれないと思えば、追わずにいられなかった。

人家もない深い森の中、焚《た》き火《び》の匂いがしてきた。どうやら誰かが野営しているらしい。近づくと人声もしてくる。

夜でも目が見えるのはありがたい。オーギュストは森の中の平地で、焚き火を囲んでいる一団をついに見つけた。

どうやら獣は彼等の仲間らしい。数人の逞《たくま》しい男達が、馬車の荷台に置かれた檻《おり》の中に、獣を押し込んでいる。

（何であんなやつらの言うことを聞いているんだ？　やつらはヒドラだろ？）

檻を乗せた馬車以外にも三台の馬車があって、そのどれにも黒い幌《ほろ》が被《かぶ》せてあった。

（黒い幌？　暗殺集団か……）

黒い幌を自分達の印にしている、どこの国にも所属しない武装集団の噂は聞いていた。彼等は金さえ積めば、簡単に殺人を請け負うという。聖職者だろうが貴族だろうが、農民だろうが容赦はない。今回は王を狙ったからには、かなりの金額を受け取ったのだろう。

男達のうちの一人が、檻に向かって何か言っている。近隣諸国の言葉だったら、すべて話せるようになっていたオーギュストでさえ、その言葉は知らなかった。

（ヒドラ達の言葉だ。さすがに俺も……そこまでは分からないな）

怒っているようだ。早口で罵っているように聞こえる。そうしているうちに、年老いた男が檻に幌を被せた。そしてごそごそと何かやっている。

オーギュストは気付かれないように、風下でじっとしていたが、獣はすでにここに追っ手がいることに気付いているかもしれない。不安はあったが、どうしても獣が人狼だという確信が欲しかったから、逃げずに見守っていた。

幌が開いて、中から長身の男が現れた。周りにいる男達も大柄だが、そんな彼等よりも頭一つ大きく見える。上半身は裸で、農民の穿《は》くような粗末なズボンだけだった。

その脇腹が傷ついているのが見える。うっすらと血が滲んでいたが、それでももう傷はふさがりかけていた。

（やはり……あの男だ。人狼なんだ……）

黒髪で、肌は浅黒く、目鼻立ちのはっきりとした顔だ。体は古代オリエントやギリシャの彫刻を思わせる美しさで、引き締まっているが逞しかった。

（獣の姿から想像していたよりは美しいな……）

こんなときなのに、オーギュストは男を品定めしている。けれどしょうがないだろう。何年も探し続けた、運命の相手なのかもしれないのだから。

（だけど……ヒドラなんだろうか？）

そこでオーギュストは、小さく首を振った。

国王にも愛され、国の至宝だとまで言われた、美貌の貴族オーギュストだ。城を持ち、領民を統《す》べ、騎士としての名誉も持っている。

そんなオーギュストの相手が、流浪の民であり、暗殺や強盗を生業とするような集団である、ヒドラの一員だというのか。

ヒドラは定住する土地を持たず、麦を植えたり、羊を放牧することもない。国と国の間を勝手に行き来し、悪事を繰り返すから、善良な人々から恐れられていた。

肌の浅黒い者が多く、髪の色も黒いから、はるか南にあるインドかエジプトの民が祖先だと言われている。そんな出自もはっきりしない相手と、果たして番になってもいいのか。

傷ついた男は、口汚く喚《わめ》く男に鞭《むち》打たれていた。そして乱暴にまた檻に戻されてしまい、その足には太い鎖が嵌《は》められた。

（えっ……仲間じゃないのか？）

何ということだろう。人狼を護る狼の一族には数多く会ってきたが、こんな手酷いことをする者を見たのは初めてだ。

ベリーのように絶対的に服従し、尽くしてくれるのが狼の一族だと思ってきた。

（人狼は、神のように崇められるべき存在だ。それを、あんな鞭打つなんて）

人の姿になっても、獣扱いするのが許せない。どうにかして男を助け出したいと思ったオーギュストは、そっと檻に近づいていく。

男は繋がれていることにも慣れているのか、座ってじっとしている。傷は治ると思っているのか、手で軽く触れているだけだ。

風上に回ってしまっただろうか、男はオーギュストに気付いたのか視線を向けてくる。立場が逆になった。最初は狼だった男が今は人となり、人だったオーギュストが狼になっている。

二人はしばらくの間、無言で見つめ合う。もし話せたとしても、言葉は上手く伝わらないかもしれない。男の話す言葉と、オーギュストの言葉は違うのだ。それならむしろ、こうして無言で見つめ合っているほうが、互いの気持ちが素直に伝わるような気がした。

男は檻の間から、そっと手を差し伸べてくる。どうやらこの狼が、自分を傷つけたオーギュストだと気が付いていないらしい。ただ狼は仲間だと思って、手を出してきた感じだ。

オーギュストは男の手を優しく舐《な》めた。

その瞬間、オーギュストは生まれて初めての恋に落ちていた。

男は訝《いぶか》るような顔になっている。ここでやっと男も、そこにいる銀灰色の被毛を持つ痩せた狼が、特別な存在だと気が付いたようだ。

何度も首を傾《かし》げながら、男はさらに手を伸ばしてきて、オーギュストの耳の後ろを優しく搔《か》いてくれた。だが、話し掛けてくる様子はない。

オーギュストの胸は痛む。

どうして二人の間に檻があるのだ。

なぜ男は、オーギュストが番かもしれないと思わないのだ。

(知らないのか？　そうだな、きっと何も知らないんだ)

男の手に何度か鼻先をこすりつけた。そうして懐いてみせているうちに、男が何か感じてはくれないかと思ったのだ。男は優しげな微笑みを浮かべる。けれどその顔は、どこか寂しそうだ。もしかしたら自分の絶望的な人生を、呪っているのかもしれない。

人声が近づいてきた。すると男は、オーギュストを追い払うような仕草を見せる。ここの連中に捕まったりしたら、厄介なことになりそうだというのは分かっていたが、この場を立ち去りがたい。もう少し男の側にいて、こうしてささやかな触れ合いを楽しんでいたかった。しかし人がやったきたので、オーギュストはしかたなくその場を去り、近くに身を隠した。

先ほどの老人が、捌いたばかりの兎を三羽、檻の中に放り投げている。それを見て、オーギュストの胸はさらに痛んだ。

(獣のように狩りをする。だが、それは狼の姿をしているときだけだ。もし弓矢で狩ったなら、食卓で肉を食べる。床に放り投げた肉を食べろだなんて、人狼を獣扱いなのか?)

可哀相に、可哀相に、可哀相にと、何度も同じ言葉が心に浮かんで、オーギュストに涙を流させた。誰かのために、こんなに感情的になるなんて、これまでのオーギュストにはなかったことだ。

狡猾に人を騙し、相手の心の痛みなど想像することもなかったオーギュストが、名も知らない男の境遇を哀れんで涙している。

番は同調すると教えられた。その意味がオーギュストには全く分からなかったが、ここで初めてその一端を理解した。

触れ合っただけで、相手の感情が伝わってくる。そして悲しみは二倍になった。では喜びも二倍になるのだろうか。

なるに決まっている。だとしたらオーギュストのすることはただ一つ。

番になるかもしれないこの男を、奪い取ることだった。

レオナルド・ダ・ヴィンチを迎え入れた王は、英知に優れ、寛大な心を持つ立派な王だ。若い頃にオーギュストを熱愛し、あっさりと振られたにもかかわらず、再び身近に置こうとしてくれた。それだけでなく、オーギュストの正体を知っても、決して口外しなかったのだ。

だからオーギュストは王との約束を守ろうと決意した。人狼としての生涯を、王家のために捧げようと思ったのだ。

それでも王の前に、これが暗殺者ですとあの男を差し出すわけにはいかない。何としても先回りをして、男を拉致しなければいけなかった。

「よいか。私が先に、敵を視察する。攻撃の準備を整えて、ここで待機」

オーギュストの指揮に、国軍兵百人は、いっせいに剣を構える。

あの後、王から暗殺者の討伐隊の指揮を取るように命じられた。何人の兵が必要かと問われて、オーギュストは百人でいいと言ったが、王はそれでは足りないと不安そうだった。なぜならあの夜、何人もの衛兵が瀕死《ひんし》の重傷を負ったからだ。

けれどオーギュストには勝算があった。あの男を奪ってしまえば、ヒドラの一団にはそれほどの脅威はないだろう。ヒドラ達は、男の強さに頼っているのだ。それなのに男を尊重しない。だからオーギュストは、余計に許せない気持ちになってしまうのだ。

「印を見たら、いっせいに攻撃を仕掛けて捕縛しろ」

副官にそう命じると、オーギュストは馬で単身ヒドラ達の元へと向かう。

ヒドラ達はいきなりのオーギュストの来訪に驚きはしたが、物腰の柔らかな美貌のオーギュストの様子を見て、すぐに警戒心を解いてしまった。

「この集団の頭と、フランス語の分かる者を交えて話したい」

すると以前、人狼の世話をしていた老人が、おずおずと前に出てきた。

「わしは話せますが、若君、ここはあなたのような人が来るところではありません」

老人はオーギュストが思っていたよりはるかに高齢だった。浅黒い顔の皺は深く、目は白く濁っていてほとんど見えていないようだ。だが話し言葉は明瞭で、知性が感じられた。

「ここには……女はいないし、占いや薬草も扱っておりません」

「黒の幌が意味するものは何か、分かっていてやってきたつもりだ」

そこでオーギュストは、金貨の入った袋の口を開いて見せた。

「恋敵を始末してもらいたい」

「では……お待ちください」

老人が案内してきたのは、この間人狼を鞭打っていた男だ。この男が一団の頭《かしら》なのだろう。額に傷跡があり、腕にも引き攣《つ》れた跡があった。態度はひどく横柄で、じろじろと無遠慮にオーギュストを見ている。

金を目の前でちらつかせているが、頭がオーギュストを殺して金だけ取るようなことはしない筈だ。彼等は何よりも信用を大事にしている。暗殺を商売にしているなら、大切な顧客をいきなり襲うような愚かなことはしない。ヒドラとはそういう集団だった。

だが簡単にオーギュストのことを信じるほど、ヒドラは愚か者ではない。気が付けばオーギュストは、手に武器を持った男達に囲まれていた。もしかしたら背後に、大勢の仲間が隠れているかもしれない。そう疑ったのか、見回りに出向く者もいる。

「誰に、ここに我々がいると聞いたのか、それを知りたがっています」

老人の通訳に、オーギュストは頷く。

「王宮を襲わせた者に聞いた」

その答えに、頭の眉がぴくりと動く。

「私は、あなた達を雇った者の縁戚の者だ」

こんな見え透いた嘘など、すぐにでもばれてしまいそうに思えるが、オーギュストが言うと不思議と信じられてしまうのだ。

「私は、より高い爵位や、広い領地が欲しいんだ。それには、良家の娘と結婚するのが早道だ。女を落とすのは簡単だが、男を蹴散らすには少々腕が足りなくてね」

オーギュストはいかにも軟弱な色男らしく、くねくねと身を捩《よじ》って訴える。ヒドラは男性優位の社会だから、弱々しい男は嘲笑の対象でしかない。頭の顔から緊張感は消え、嘲るような笑みが広がっていた。

「誰をやるのかと、訊いていますが？」

通訳がいてくれて助かる。オーギュストには頭の言葉がまるで分からない。頭はフランス語を話せるのに、わざと話せないふりをしているのかもしれない。それぐらいの狡猾さは、ヒドラ達にもあるだろう。そうやって通訳している間に、オーギュストの様子を観察している可能性もある。

愚かな男のふりをするのは得意だ。誰もがこの外見に目がいってしまい、オーギュストの中にある抜け目のない策略家の部分を見抜けない。

「その前に、誰がその仕事をやるのか知りたい。申し訳ないが、頭のような男では目立ちすぎる。貴族の邸に、近づくことも出来ないだろう」

その問いかけに、頭はむっとしていた。

「王宮内に押し入ったらしいが、国王はまだ無事だ。やはり噂ほどの強さはないんだろうか。だったら、毒殺に詳しい者を紹介してくれ。その者に仕事を依頼するから」

重そうな金の袋を揺らしながら、オーギュストはつまらなそうに言った。すると頭は真っ赤になって、何やら喚き出す。

「あの仕事は、まだ途中です。こちらには最強の殺し屋がおります。つまりその、あまり舐めるなと、怒ってますが」

老人は言いにくそうにしている。そこでオーギュストは、労《いたわ》るように老人に近づき、その手に金貨を一枚握らせた。

「それではその最強の殺し屋という者に、直接会わせてくれ。どうせあの頭は、喚くだけしか能のない飾り物なんだろ？」

「それは……」

老人がまだ何も言っていないのに、頭は怒りを露《あら》わにしてオーギュストに指を突さつけている。やはり言葉は分かっているらしい。

そして頭は自らオーギュストを、例の人狼の檻に連れて行くと、掛けてあった幌を外してみせた。

「貴族の若造が、偉そうな口を利いてるんじゃねぇ。あれが最強の殺し屋だ。俺達が本気になったら、おまえなんざ、この場でバラバラだ」

「何だ、話せるんじゃないか。それなら話は早い」

オーギュストはにこやかに微笑む。

この段階でヒドラ達も気が付かねばいけないのだ。ただの軟弱な色男にしては、オーギュストには余裕がありすぎる。屈強な部下も連れずに一人で来たのに、頭に恫喝《どうかつ》されても笑っているのは、尋常ではない。頭が少し悪いのか、または腕に余程自信があるかだ。

だが頭は疑わない。まだオーギュストを愚かで軟弱な若者だと思っている。まさにこれが、オーギュストの強さの秘密だった。

「あの男を売ってくれ」

そこでオーギュストは、再び金の袋を示す。すると頭は、呆《あき》れたように笑った。

「ぼっちゃん、貴族様だからって、世の中は何でも思いどおりにはならねぇんだよ」

「そんなことは知っている。王だって、思い通りにならないのに、たかが貴族の分際で、世界をどうこうしようなんて野心はないさ」

にこやかに言うと、いきなりオーギュストは飛び上がり、頭の背後に回ってその首に短剣を突きつけていた。

「なっ！」

意外な展開に、頭は言葉を失う。そして自分の体に回されたオーギュストの腕の力強さに、改めて驚いていた。

「交渉だ。彼を自由にしろ。出来ないというなら、真っ先におまえの喉を掻き切る」

「ふ、ふざけるなっ。そんなこと、出来る筈がねぇっ！」

「出来るさ……」

すーっと短剣を引くと、頭の喉に赤い線が出来た。頭の全身から緊張感が伝わってくる。危ない場面を数多く経験したことがあるのだろう。オーギュストが本気だというのが分かったようだ。

「彼の鎖を解いて、檻から出せ」

「ふんっ、何も知らないんだな。やつは凶暴な獣だぞ。自由になんかしたら、たちまちあんたの命もなくなる」

「俺もこう見えて、凶暴な獣なんでね。爺《じい》さん、すぐに彼を自由にしろ」

老人は震える手で、檻の鍵を開いた。そしてぶつぶつと低く呟きながら、ついに人狼の足の鎖を外した。

頭は何か喚いている。きっと自分を助けろと命じているのだ。

その頃にはヒドラ達がそれぞれ手に剣を持って、さらに近づいてオーギュストを取り囲んでいた。

頭に何かあったら、いっせいに襲ってくるだろう。けれどオーギュストは恐れない。この程度の数の敵なら、楽に倒せる自信があった。

問題なのは、そんな雑魚《ざこ》じゃない。

狼になる男だ。

「爺さん、彼に狼になれと伝えてくれ」

「えっ、ええええっ、あんた、もしや……」

老人はそこで何かに気が付いたようだ。なぜかこの老人は味方のような気がして、オーギュストは微笑んで見せた。

「狼の王国から、迎えに来た。彼はこんなところで、獣として一生を送るような存在じゃない」

人狼に近づくと、老人は低く何かを伝える。それと同時に、人狼は狼に姿を変えていた。

禍々しいほどに黒く、巨大な狼。全身真っ黒なのに、口を開くとそこの中だけは赤く、白い見事な牙が覗いていた。

「美しいな……俺には、たまらなく美しく見える」

頭は笑い出した。そして狼をけしかけている。こいつを殺せと喚いているのは、オーギュストにも分かった。

「殺せるなら、殺してもいいぞ。もっと近くに寄れ。そして、俺を噛むんだ」

頭を押さえているから、手は差し出せない。代わりにオーギュストは、自分の足をそれとなく示した。

「思い切り噛みつくがいい」

「ははは、馬鹿か。こいつに噛まれたら、足なんざすぐに引き千切られるぞ」

そう言って頭は笑ったが、そのとき手下の一人が、妙なものを用意していることにオーギュストは気が付いた。

鞘から何か取りだしている。短剣のようだが、妙な形をしている。かなり古いもののようだ。

それに気が付いたのか、老人はいきなりラテン語で話し出した。

『気を付けなさい。あれは銀の短剣です』

ヒドラ達の誰も、ラテン語など話さない。老人はオーギュストなら分かると信じて、真実を教えてくれたのだ。

『狼封じの短剣です』

『ありがとう……気を付ける』

老人以外、オーギュストが人狼だと疑う者はいない。だからあの短剣はオーギュストのために用意されたのではなく、変身した人狼を脅して制御するためのものだろう。

何と卑劣な連中だ。人狼の弱点を知っていて、それで操っていたのだ。

「何を話してる！　勝手に交渉するなっ！」

頭が喚いているが、狼は一向にオーギュストに嚙みつく様子がない。何だか途惑っているようだ。

それを見ていた老人は、今度はヒドラの言葉で何か話し掛けた。すると狼は、オーギュストに近づき、その太股《ふともも》にそっと牙を立てた。

「あっ！」

またもや目の前が真っ赤になり、激しい興奮が瞬時にオーギュストを襲った。

狼は牙を離さない。そして滲み始めたオーギュストの血を舐めている。

「ああっ……」

今にも射精してしまいそうだ。それほど激しい快感が、傷口からじわじわと全身に広がっていく。

「ああ……あいつらはおまえの主《あるじ》じゃない。いいか、俺が、おまえの本当の主だ」

頭を突き放し、オーギュストはついに手で狼の頭を撫《な》でる。優しく、優しく、耳の後ろを掻いてやった。

「もうおまえを誰にも渡さない。俺と……行こう。いいな」

そこで狼はようやく牙を離し、服従するようにオーギュストの手を舐めた。

狼がオーギュストに懐いてしまった。それを知った頭は逆上し、銀の短剣を持った男に向かって攻撃を命じている。次の瞬間、信じられないことが起こった。あの老人がよろよろと前に進んで、銀の短剣を持った男に抱き付き、自らその剣に刺されたのだ。

狼は咆哮《ほうこう》を上げた。腹の底から絞り出すような、すさまじい咆哮にヒドラ達も震え上がっている。刺されながらも老人は、何か叫んでいた。逃げろと言っているらしい。断末魔の言葉の意味が、オーギュストにも伝わった。

「行くぞ！」

オーギュストは剣を手にして、邪魔するヒドラ達を薙《な》ぎ払い進む。するとその後を狼は付いてきた。愛馬に飛び乗り、勢いよく走り出しても狼は付いてくる。その足に迷いはなかった。

少し走ったところで、オーギュストは弓矢を取りだし、空に向かって放つ。その先には火薬が括《くく》り付けられていて、空中で激しく爆発した。

それを合図に、国軍の兵達はヒドラ達を逮捕するために向かうだろう。指揮を取らねばならないところだが、すでにオーギュストがいないときには副官に全権を委ねると命じてあった。

もうヒドラ達になど興味はない。

一番欲しかったものをついに手に入れたのだ。

「何から話そうか。いや、その前に言葉を教えないといけないな。それとも……そんなこと、必要ないのかもしれない」

一番安全な場所、自分の邸に向かって馬を走らせながら、オーギュストは何度も目眩《めまい》に似たものに襲われる。今にも落馬してしまいそうだ。

獣が側にいると思うだけで、激しい興奮を感じる。五感はいつも以上に研《と》ぎ澄まされていて、微《かす》かな風にすら体が震えて止まらなくなっていた。

「もう少しだ……もう少しで、一番、安全な場所におまえを隠せる」

ヒドラ達から隠すだけでなく、王からも隠さないといけない。狼を飼っていることを、誰にも知られてはいけなかった。

元は母のマリエの住まいだったジャルジェ男爵家の別邸は、今ではオーギュストの住まいになっている。客人が訪ねてくることもなく、使用人も少ない。隠れるのには、まさにうってつけの住まいだった。

帰り着いたはいいが、狼はさすがに警戒して、今度は近寄ってこようとしない。オーギュストは急いで馬から下りて、狼に駆け寄っていった。

「怖がらなくていい。ここは俺の住まいだ。中に入ったら、俺もおまえと同じだってところを見せてやる。今、ここでは変身出来ないだろ？　まだ昼間で、人目もあるから」

そう説明しても、狼に言葉は通じない。触れあっていなければ、気持ちを伝えることも難しかった。

「おいで、俺がおまえの主だ。いや、言い方が悪かったな。番だよ、運命の相手なんだ。だってそうだろ。おまえ以外の誰とも、こんなおかしな、もやもやする気持ちにはならなかった」

近づくと狼は逃げる。一定の距離を置いて、オーギュストのことを不安そうに見つめているばかりだ。

「あの爺さんは、おまえの本当の祖父《じい》さんだったのか？　気の毒なことをしたな。だけど、自分の身を犠牲にして、おまえを逃がしてくれたんだぞ。その意味が分かるか？　爺さんは知っていた。番の意味が分かっていて、俺にすべてを託したんだ」

そんなことは直接聞いたわけではない。だがあの場面からは、そんなふうに読み取れてしまう。

「おまえだって、何か感じてるだろ？　番の意味を知らないのか？　俺だってよく知らない。ともかく、噛み合って、舐め合って、抱き合えばいいんだ。そうすれば、今よりもっと強くなれる。そして、今よりもずっと幸福に生きられるんだ」

何かに惹かれて付いてはきたが、狼はここに来て途方に暮れているようだ。もしかしたら別邸とはいえ、豪奢な造りの邸を前にして、尻込みしているのかもしれない。それはそうだろう。貴族達は余程のことがない限り、自宅にヒドラを招待したりはしないからだ。

「しょうがないな……」

オーギュストは周囲を見回す。本宅とは離れているし、ここにはオーギュストの正体を知っている使用人しかいない。たまたま通りかかるような旅人もいそうにないので、ついにオーギュストはその場ですべてを脱ぎ捨てた。

「おまえ、混乱してるんだろ。俺が腹を刺した日を覚えてるか？　あの日、銀色の痩せた狼に会っただろう？　あれが、俺だ」

狼の目の前で、オーギュストはするんと変身する。すると狼は、それまでの緊張した様子を振り捨て、喜んだ様子で駆け寄ってきた。そしていかにも狼らしく、オーギュストの体を嗅ぎ回って、狼流の挨拶をしてくる。

（こいつ……本物の狼みたいだ）

長時間変身したままでいると、獣性が増すという。試した者がいたとは思えないが、狼のままで一生を終えることも出来るそうだ。

（あんなところに囚《とら》われていたら、獣でいたほうがいいと思うようになるのかもしれない。可哀相に……本当の自由を知らないんだ）

オーギュストは狼に鼻を寄せ、誘うようにその顔を突く。すると狼は、嬉しげに舐めてきた。しばらくそうして狼のままじゃれ合っていた。それがよかったのかもしれない。狼はオーギュストに背後から挑もうとしてきたのだ。

（こんなところでやるわけにはいかないんだ）

すぐにオーギュストは、邸内に逃げ込む。すると狼は、今度は迷わずに付いてきた。理由ははっきりしている。狼はオーギュストと同じように欲情したのだ。

寝室に飛び込んだ途端に、オーギュストは元の姿に戻った。けれど狼はそのままの姿で、寝台に横たわったオーギュストの上に飛び乗ってくる。

「戻れよ。人の姿になるんだ。そうしないとやらせない。いいか、人になれ」

だが狼は、いつまでもそのままの姿でいる。まだ途惑っているのだ。

「俺が欲しくないのか？　欲しいんだろ？　だったら、俺の言うことを聞け。言葉が分からないなんて、理由にはならない」

言葉が分からないとは、もう思えなくなってきた。分かっているのに、分からないふりをしているのではないだろうか。

「俺達は番なんだよ。神がそう決めたんだ。俺がおまえを護り、おまえは俺を護る。そうやって、普通の人達が生きるよりもずっと長く生きていくんだ」

狼を抱いた。安心させるように、ただ優しく抱いた。するといつの間にか狼は、人間の姿に戻っていた。

「いいぞ……それでいい。顔……見せて」

手を添えて、顔を自分のほうに向かせる。ここで初めてオーギュストは、じっくりと相手の顔を見ることが出来た。

「うん……嫌いじゃない。いい男だ。もっと野蛮で、品のない獣みたいなのを想像していたけど、そうじゃない。いい男だよ……」

そっとキスをする。本当は今すぐにでも体を重ねたいような、荒々しい欲望があったけれど、オーギュストは相手が安心出来るようにと、かなり自制をしていたのだ。

「名前は？　名前を教えてくれ。俺はオーギュスト」

それ以外の長ったらしい名前はいらない。男がオーギュストを呼ぶのに、家や祖先に関した数々の名前なんて必要ないだろう。

「ギー……」

「ギー？」

最初は何か呻いたのかと思ってしまった。それぐらい男の名前は短く、簡潔だったのだ。

「ギーか……おまえらしいな。俺の名前を呼んで……」

「オーギュ……」

「そうだ、それでいい。十分だ」

ギーを抱き締める。そしてキスをした。

何でこれまで誰ともキスしなかったのか、分かったような気がした。ギーとのキスは、まるで媚薬《びやく》のような効果がある。すでに興奮していたが、一度や二度精を放ったぐらいでは、この興奮は収まらないような気がした。

「噛んで……噛んでくれ」

噛まれた瞬間、目の前が真っ赤になった。再びあの危険な幸福に酔いたくなって、オーギュストはねだる。するとギーは、オーギュストの肩にそっと歯を当ててきた。

「あっ、あああっ、あうっ！」

自分の体の反応の激しさに、自分でも途惑ってしまう。オーギュストは噛まれた瞬間、あっという間に果ててしまったのだ。

「ああ……こんなことに……」

指先だけで相手を翻弄してきたオーギュストだが、噛まれただけで果ててしまうなんてどうかしている。けれど一度果てたくらいでは、やはり欲望が去る気配はない。

ギーはそんなオーギュストの体を今度は舐めている。

「何だよ……まるで、獣みたいだな」

オーギュストは笑っていたが、ギーがオーギュストの放ったものに惹き付けられたのだということに、やっと気が付いた。

「そうか……銀毒も消すっていうのが、これのことか」

「ううう……ううっ」

獣のような呻き声をあげて、ギーは丁寧にオーギュストの体を舐めていく。優しい愛撫《あいぶ》にうっとりしていたら、今度はいきなり、オーギュストを乱暴に貫いてきた。

「ああっ！　あっ！　ああっ！」

一瞬で体が引き裂かれるのではないかと思えるほど、最初の痛みはあった。けれどその部分から、熱い何かが全身に広がっていくのが感じられた。

ギーもすでに限界だったのだろう。溢れ出たものが、オーギュストの中を汚しているのだ。そしてそれがまたオーギュストに、これまで知らなかった快感を与えているのだった。

「ああ、ああ、どうにか、なってしまいそうだ。ああ……こんな、こんなことになるなんて」

オーギュストはギーに縋《すが》り付く。ギーは獣のような呻き声を発しながら、激しくオーギュストの中に突き入れていた。

「ああ、溶けて……しまいそうだ。ああ……あっ……」

これが人狼の交合なのだとしたら、人間の感じる快感など比べものにならない。オーギュストの指で果てた男や女の姿を思い浮かべたが、彼等が気の毒に思えるほどだ。

ギーは果てない。恐らく精を放ってはいるのだろうが、興奮が冷めるということがないのだ。

「す、凄い……ああ」

オーギュストの下半身を楽々と持ち上げ、ギーは終わることなくオーギュストを味わっている。

オーギュストもまた、何度か果てていたのだが、それで終わるということなく、永遠に続くのではないかと思うくらいに興奮していた。

「あっ、ああっ……ううっ」

興奮の極みに達すると、思わずギーの体に歯を食い込ませる。するとお返しのようにして、ギーも嚙んできた。

嚙まれるとまた新たな快感が生まれる。ギーと二人、一つの塊になって同じ快感を味わっている、そんな気がしていた。

「これが……番なのか……」

サライはもう番を見つけただろうか。レオナルドをどんなに愛していても、こんな快感をレオナルドは与えてくれなかった筈だ。

「番だけが……与えてくれるんだ」

キスをしても、嚙み合っても、もちろん互いの体で精を味わっても、興奮は高まり、全身が快感に

おののいてしまう。

そしてこんな激しい交合をしながら、二人には疲れというものがなかった。果てた後の虚脱感もない。抱き合えば抱き合うほど、特別な力が湧き上がってくるようなのだ。

「ギー……名前しか知らない。なのに……愛しくてたまらない……ああ、俺の狼」

オーギュストは思い切りギーを抱き締め、再びその体に歯を当てる。微かに滲んだギーの血が、またもやオーギュストを、この世のものではない快感の世界に引きずり込んでいった。

夜になって、灯りが必要になった頃、ベリーが大きな荷物を手にして別邸にやってきた。

「若様……こちらにお戻りということでしたが……いらっしゃいますか？」

燭台の蠟燭《ろうそく》に火を灯《とも》しながら、ベリーは大きな声で話し掛けてくる。

「ああ……戻った……」

「宮中には、お戻りにならないでよろしいのですか？　何でも、森で大がかりな捕り物があったそうですが」

寝室に入ってきたベリーは、ぎょっとした様子で立ちすくむ。寝台は乱れ、薄暗い中にもはっきりと分かるオーギュストの白い裸体の横に、見知らぬ大柄な男の姿があったからだ。

すぐにオーギュストは、ベリーの警戒心を解くべく、ギーのことを紹介した。

「ベリー、この男の名前はギーだ。どうやら、俺の番らしい」

「畏《かしこ》まりました。若様よりご依頼のあったものは用意してございますが、こちらにお持ちいたしましょうか？」

「ああ、そうしてくれ」

オーギュストに命じられて、すでにベリーがギーを人らしく見せる用意を調えてくれていた。まだ名前も知らない人狼のために、ベリーは大柄な男用の衣服や靴を揃《そろ》え、いかにも良家の若者のように装わせようとしてくれたのだ。

「怖がらなくていい。ベリーは俺の従者だ。俺達の体の仕組みも知っている」

激しい欲望はとりあえず収まったが、まだこれで終わらせるつもりは毛頭ない。だが、さすがに何も食べず、水すら飲まないでやり続けるのは辛《つら》くなってきた。

「食事をしよう。その前に、人らしく見せる工夫が必要だ」

ベリーが持ってきてくれた荷を解くと、中から亜麻布のシュミーズを取りだす。それを手にしてオーギュストはゆっくりと説明した。

「まずこれを着て、食事をしよう。この下に、ショースを穿くのが貴族流だ」

以前ギーが着ていたのは、農夫が着るような粗末なものだった。それに比べたら、するっとした感触の肌着はかなり着心地がいい筈だ。なのにギーは、手にしただけで着ようとはしない。

「ギー、これからはこれが普通の生活になる。だから、気に入らなくても、俺が着ろと言ったら着るんだ。俺達は長く生きるから、そのうちにもっといい服が作られるだろうが、今はこれが最高のものだ。俺は……自分を美しく見せるためなら、金を惜しまない」

ため息を吐いているギーの様子を見ていると、言葉は通じていると確信した。

「言っている意味は分かるな。俺は、二度とおまえをあんなやつらの元には戻さない。おまえを、やつらなんて足下にも近寄れない、立派な男にしてみせる」

オーギュストは見本となるように、率先して着替える。シュミーズを着て、ショースを穿く。編地《あみじ》で出来たショースは、この時代の最先端のものだった。

その上にオ・ド・ショースと呼ばれるズボンを穿く。そして上着を着れば完成だ。

「靴も履くんだ。いつもは上品な薄手のもの。狩りや戦いには、厚手のものを履く」

着替えを終えると、オーギュストは自らギーの着替えを手伝う。まるで子供にするように、優しく着方を教えてやった。

そして食卓に案内する。水と肉しかない食卓だが、皿も用意されていて、ヴァネアグラスに清浄な水が注がれていた。

ギーは何も言わず、皿を手にして床に座ろうとする。それを見て、オーギュストは窘《たしな》めた。

「狼の姿のときは、どんな食べ方をしても構わないが、人になったら椅子に座って食べるんだ」

「ああ……」

「面倒だと思ってるか？」

ギーを座らせると、オーギュストも食卓に着く。そして見本のように、皿から肉を手にして食べ始める。

「もっと食べたかったら、ベリーが給仕してくれる。たとえ肉しか食べなくても、品良く食べるようにしてくれ」

皮を剝いただけの兎を、直《じか》に床に放り投げられ、それを手にして食べていたのだ。白磁の皿に乗った肉を、少量ずつ摘《つま》んで食べるなど面倒だろう。

けれどオーギュストは、二度とあんな思いをギーにさせるつもりはない。

「いいか、ギーは勘違いしている。おまえは獣が人になったんじゃない。人が、獣になったんでもない。俺達は人狼といって、神が作り上げた特別な存在なんだ」

「……」

特別と言われて、ギーは考えるような顔になる。そんなときには、とても知的に見えるから不思議だ。

「本当は、話せるんだろ？　どうして話さないんだ？」

「話す……いけない。それが決まりだ」

やっとまともな会話になった。やはり思ったとおりだ。ヒドラ達の言葉だけでなく、フランス語もきちんと話せるのだ。なのにギーは何も話さない。そう教えられてきたからなのだろう。

「何で話すのがいけないんだ？」

「……決まりだから」

「そうじゃない。それは、ギーが暗殺集団の秘密をいっぱい知っているからだ。ギーが真実を話したら、あの頭は五十回、首を刎《は》ねられることになるんだろう。違うか？」

違うともそうだとも言わない。驚異的な速さで肉を食べていくから、ベリーは給仕に大忙しだった。

「だから喋《しゃべ》るなと教える。確かに優秀な暗殺者だったら、余計なことは話さないものだ」

余程空腹だったのか、それとも生来大食いなのか、ギーの食欲は止まらない。今夜は森の狩り場で、男爵家の狩り番が狩った鹿だったが、あっという間にギーに飲み込まれていく。

「俺が聞きたいのは、そんなことじゃない。いつ、どこで生まれて、先代の心臓を何年前に食べたかとかの、ギー個人のことだ。それによって、ギーの人狼としての寿命が決まる」

「生まれた場所は知らない。子供の頃攫《さら》われて、ジェヴォーダンの山裾で、頭達に育てられたんだ。オーラ爺さんが、俺の面倒を見てくれていた。オーラ爺さんは……この人みたいに、先代の獣に仕えていた」

ベリーを示して、ギーは静かに語る。

「攫われた？」

「ああ、先代の獣が死んで、頭は新しい獣を、先代の故郷で探していたそうだ」

「背中に毛の生えた子供だろ」

そうだと言うように、ギーは頷く。そして綺麗なヴェネチアグラスを示して、ベリーに水をねだった。

「先代の獣も頭達に捕まっていたと聞いた。頭達は、銀の使い道を知っているから、逃げられなかったそうだ」

「……酷い話だ。先代の獣に番はいなかったのか？」

「いたが、先に死んで、先代の獣は一人だった」

オーギュストはぎゅっとヴェネチアグラスを握りしめる。互いに護り合う番を失った後、弱っていたときに捕まってしまったのだろうか。

「それにオーラ爺さんを人質にされて、先代の獣は逆らえなかったらしい」

「気の毒に……」

従者の命のために、人狼の自尊心も捨てたのだろうか。そう思うと、ますますヒドラ達が憎くなってくる。

「頭達は、獣の血を薬として売っていた。俺も獣になってすぐ、血を採られるようになった。俺はそれ以外に、子供の頃から暗殺術を習わされている……」

人狼となる前、オーギュストは宮中で、色恋で人々を翻弄して遊んでいた。美しい衣装に身を包み、王と戯れ、貴婦人の寝台に忍び込んでいたのだ。

同じような年齢の頃、ギーは暗殺者となるべく修練を積まされ、話す自由も奪われていた。この違いはどうだろう。育った環境があまりにも違いすぎると、番にとっても何か影響はあるのだろうか。

オーギュストは不安になってきて、ギーの瞳に愛を探す。

最初から交合は上手くいった。オーギュストはもう目の前にいるギーのことしか考えられない。けれどギーが同じ気持ちなのか、知る方法は見つからなかった。

「もうそんなことはしなくていい。もし会いたいなら、ギーの生みの親を捜そう」

親は貴族なのかもしれない。そう期待もしたが、やはりギーの外見は流浪の民、ヒドラのように見える。

人狼は世界中にいると聞いた。その中には、ヒドラのような身分のものからも生まれるのだろう。

「狼になって何年だ？」

「まだ三年……」

「俺は二十五年……」

少しほっとしている。少なくともオーギュストのほうが年上だ。先に死ねるから、一人取り残されることはない。

けれど一人になったギーのことを考えると心配だ。

「これからは、思ったことを好きに話していい。そうだ、字は読めるか？」

「いや……読めない。教わらなかった……」

「あまり賢くなっては困るからだろうな」

「そうだな。先代は賢くて、医者をしていたそうだ。頭達に血は採られても……絶対に人殺しはしなかった」

ギーはまた悲しそうな顔になる。自分を恥じているのだろうか。

「今からでも覚えられるから安心しろ。本ならたくさんある。読めるようになったら、好きなだけ読むといい。他にもやりたいことがあるなら、遠慮なく言ってくれ」

オーギュストの申し出に、ギーは不思議そうな顔をする。

「オーギュ……番の意味は分かったが、そこまでしてくれなくていい。たまに会えれば、それで俺は満足だ」

「駄目だ！　そんなのは番じゃないっ！　俺の側を離れたら駄目だ！」

オーギュストは立ち上がり、いきなり叫ぶ。

「俺を愛さないといけないんだ。それが番の役目だ。勝手にどこかに行くなんて、俺は許さない」

突然喚きだしたオーギュストに対して、ギーは表情一つ変えない。いつもなら口先だけでいくらでも相手の気持ちを惹き付けられるオーギュストが、あろうことか感情のまま取り乱している。

失うかもしれないという不安で、胸が潰れそうになっていた。

「ここで一緒に暮らすんだ。何かしたいことがあるなら、好きにやって構わない。俺だって、宮中に出向くことだってある。ギーを一人にしてしまうことがあるかもしれないが、ここを出て行くなんて考えないでくれ」

何を必死になっているのだ。かつてこんなふうに相手から迫られたときは、のらりくらりと逃げていたことを思い出し、ギーもそんなふうに思っているのではないかと、恐怖に近いものを感じる。

なぜこんな気持ちになるのか。番というものが放つ、愛の毒なのだろうか。

「それなら檻に入れて、鎖に繋《つな》げばいい……」

無表情に語るギーの呟きに、オーギュストの怒りは燃え上がった。オーギュストは立ち上がり、食卓の上に乗ったかと思うと、そのままギーに飛びかかっていた。

するとギーは、素早い動作でとんでもないことをしてみせた。食卓に置かれたヴェネチアグラスを、あっという間に落下しない中央の位置に直し、その上でオーギュストを受け止め、壁際に叩きつけたのだ。

人狼になってから、喧嘩《けんか》で負けたことがない。だから最初は、自分の身に何が起きたか分からなかった。

横たわったまま、ぼんやりと心配そうなベリーの顔を見ている。投げ方が上手いのか、落ち方がよかったのか、痛みは全くなかったが、再び怒りがふつふつと湧き上がってきた。

感情が高ぶってしまい、冷静な判断が何も出来なくなっている。ただ闇雲にギーに挑みかかっていくが、今度も軽くいなされてしまった。

暗殺者になるべく育てられただけのことはある。ギーの動きは、想像の域を超えていた。

強い、強すぎる。狼になっても、巨大で最強の狼だ。今の世界で、ギーに勝てる者は恐らくいないだろう。

ギーは楽々オーギュストを床にねじ伏せてしまったが、息一つ乱れた様子もなく、相変わらず無表情のままだ。

「若様！」

助けるつもりなのか、ベリーが棍棒《こんぼう》を手にしている。それを見てオーギュストは笑った。

「ベリー、心配するな。ただの痴話喧嘩だ。ギーが俺を殺す気なら、とっくにやってる」

「しかし……若様」

「ギーは……俺の番だから……何をしてもいいんだ」

何を考えているのだろう。ギーはそこでオーギュストの服を引き剝がし始めた。そして自分の着ているものも、乱暴に脱ぎ始める。

「こんなもの着ているからいけないんだ」

「どうして？　綺麗な服だ。おまえによく似合ってる」

「他に誰が見てるんだ？　従者か？　従者は、主の影だ。何をしていても、黙ってる。いてもいなくても、同じってことだ」

ギーは怒っているのだろうか。オーギュストの知る怒りというのは、叫んだり、喚いたり、殴りかかったりしてみせるものだ。こんな静かで、無表情な怒りは見たことがない。

「怒ってるのか？」

耐えかねてオーギュストは訊いてしまう。するとギーはオーギュストを俯《うつぶ》せにして、硬くなったものをねじ込んできた。

「えっ？」

ベリーはいてもいなくても同じということらしい。さすがにベリーも見かねて、部屋から出て行ってしまった。

「あっ……ああ」

ねじ込まれてしまうと、オーギュストの思考は停止してしまう。もうまともに何か考えることは無理だった。

「何で……こんな……」

「お上品な、貴族のようには生きられない。二人きりなら、裸でいればいいじゃないか」

「だからって……あっ、ああ」

熱く硬いものが、オーギュストの中を満たす。

長い空虚な生活に耐えてきたのは、これを待っていたからなのだ。甘い、痺《しび》れるような快感は、あまりにも深すぎてものを考える力すら奪ってしまう。

「俺は……飼われるのは真っ平だ。鎖を解いてくれたんだろう？　だったら、二度と俺を繋ごうなんてするんじゃない」

「んっ……んん……わ、分かった」

ギーの主はオーギュストではなかったのか。これでは主従も逆転してしまったようだ。だからといって、もうギーに対して怒る気持ちにはなれない。

オーギュストが服従するなんて、これまでは全く考えられなかった。けれどこのままいけば、オーギュストはひたすらギーに付き従ってしまいそうだ。

「ああっ……あっ」

強い力でオーギュストをねじ伏せ、その肉体を貪っているギーは獣そのものだ。

こんな荒々しくて強い男を、オーギュストは知らない。

どんなに強くても、宮中にいる貴族はやはりどこか軟弱で、頭はいつも策謀でいっぱいだ。肉体的には強い傭兵も、頭の中にあるのは金のことばかりで、単純なやつらだった。

ギーの正体が、全く摑《つか》めない。獣のようで愚かなのかと思ったら、そうは見えなくなってきた。何を考えているのか読めないから、少しの会話だけでは謎はどんどん深まるばかりだ。

「んっ……まだ……四百五十年は……ある」

快感の波に押し流されながら、オーギュストは思う。

こんな快楽を味わう日々の合間に、きっとギーの心も捕まえられる筈だ。

やはりオーギュストは欲深い。肉体の快楽を得た次には、ギーの心までも手に入れたくてたまらなくなっていた。

一週間、領地から出ずにギーと過ごした。眠ったり狩りをするとき以外は、ずっと体を繋げていたような気がする。人狼の体は頑強だから、それでも普通にしていられるが、常人ならとうに情死しているところだ。

「王に謁見してくる。獣退治をして怪我《けが》をしたことになっているが、そろそろ顔を出さないと、いろいろと疑われるから面倒だ」

湯浴みした後、着替えながらオーギュストはギーに対して、言い訳めいた口調で出掛ける理由を話していた。

ギーは黙って聞いている。オーギュストがまた湯浴みをしろと言い出すのではないかと、そっちのほうが気がかりのようだ。

湯は嫌いらしい。一度で懲りたのか、その後からは自分で勝手に外に出て、冷たい小川の水で体を洗っていた。

「湯は、嫌いなのか？」

「ああ、茹《ゆ》でられるみたいで嫌だ」

ギーの姿なんて見慣れた筈だ。なのにふっと笑う姿を見ただけで、オーギュストはもやもやしてきて落ち着きをなくしてしまう。

獣を追い詰め、深い谷底に追い落とした。そのときに怪我をして、謁見出来ないと伝えてあるけれど、城に出向かねば解決しない問題が出てきた。ヒドラの頭を捕らえたが、暗殺を依頼した相手の名を吐かない。それで王は、まだ頭達を生かしているのだ。

気に入らない。吐くまでということで、どうせ拷問にかけているのだろう。オーギュストはいたぶりは嫌いだ。獲物はその場ですぐに、苦しめないように殺すのが狩る者の決まりだ。

命を助けてやると言われても決して告げないのは、暗殺者にもそれなりの意地や信義があるからだ。ギーを苦しめた頭は憎いが、だからといっていつまでも苦しませるのはオーギュストの本意ではない。

「すぐには帰らないんだろ？　出掛けてもいいかな？」

ギーは寝台から降りてきて、これまで着なかった服に袖を通し始めた。

「帰るさ……帰るから、ここで待っていろ」

まさか出て行くつもりだろうか。そうなると、檻に入れて閉じこめておきたくなる。そんな思いが表情に出ていたのか、ギーはオーギュストを哀れみの籠もった目で見ていた。

「安心しろ。ここに戻るから」

「そ、そうか。いや、出掛けるなら、馬がいるかなと思って」

何をこんなに狼狽えているのだろう。ギーがここを出て行くのではないかとの不安で、胸が潰れそうになっている。

冷静になって考えれば、ギーはもう頭達からは自由になったのだ。だったらわざわざヒドラ達の住む、ジェヴォーダンの山裾まで戻る必要はない。それともギーには、他に行きたい場所があるのだろうか。

「俺達は、走れば馬より速いけどな」

「あ、ああ、そうだが……馬に乗れないのか？」

「ヒドラで馬に乗れないやつなんていないない」

「そうだったな……」

ヒドラは優秀な騎馬兵でもある。彼らが数カ国を跨いで犯罪を行っても、捕らえられないのはそのせいもあった。

乗れるのなら、男爵家の厩舎にある一番いい馬をあげようと思ってしまった。気性は荒いが、体躯が大きくて速い。きっとギーは気に入るだろう。

「それじゃ一緒に、出掛けよう。本宅の厩舎に寄ってくれ。ギーの馬を用意するから」

「馬？　俺にくれるのか？」

「ああ、家で一番いい馬だ。大きくて、若くて……力強い。ギーみたいな馬だよ」

その申し出は、ギーを喜ばせたらしい。感情はあまり表に出さず、皮肉めいた口調でぼそっと喋るだけの男が、珍しく嬉しそうな顔になっている。

「もう狼仲間に喰われちまっただろうが、オーラ爺さんの骸《むくろ》を埋めてきたいんだ。兵隊はまだうろついてるかな？」

「いや、いないと思う」

正直に行き先を告げられて、ほっとしたと同時に反省もした。オーギュストは恋に目が眩《くら》んでしまい、ギーの気持ちを全く考慮してやらなかった。オーギュストを抱いている間も、ギーは朽ちていくオーラ爺さんの亡骸のことを思って、胸を痛めていたのだろう。

「故郷に連れて行けないのが残念だが、あのまま悪霊になるよりはいい」

「すまない。もっと早くに気が付いてやればよかったな」

オーギュストはギーの前では素直でいられる。今も心の底からすまないと思っていた。

「お互い様だ。オーギュに触れてると、おかしくなっちまう」

「同じなのか？」

そこでオーギュストの顔は、ぱっと明るくなった。言葉なんてなくても、ギーの反応をみれば分かるだろう。それなのにオーギュストは、恋したばかりの少年のように、他愛ない言葉を欲しがる。

本宅までは、オーギュストの馬にギーと二人で乗っていった。そうしている間も、体が密着しているというだけで、オーギュストは落ち着きをなくしていた。けれどギーは、早く馬が見たい様子で、オーギュストの動揺なんてお構いなしだ。

厩舎に着くと、馬達を訓練用の馬場に放つ。

馬達の興奮が伝わってきた。馬は大きな生き物ではあるが意外に臆病で、二人が放つ狼の気配に怯えているのだ。オーギュストも人狼になってから、馬を懐かせるのに苦労している。今の愛馬は、子馬のときから側に置いて、警戒心を抱かないように気を配って育ててきた。

ところがギーは、ほんの一時《いっとき》馬達に警戒されただけで、すぐにその鼻面を次々と撫でていた。

「どれか気に入ったのがいるか？」

そう話し掛けても、ギーは馬にばかり集中している。優しく撫でてやったり、話し掛けてやると、馬は驚くほど穏やかにギーに従っていた。そんな様子を見ていると、思わず馬達に嫉妬してしまう。

「ギーに向いていると思ったのは、あの馬だ。気性が荒いが、騎馬戦用にするために買い入れた」

鹿毛《かげ》の大きな馬は、興奮が収まらずフーフーと荒い息をしている。今にも柵を越えて飛び出してきそうだった。

「ああ、あれか。いい馬だ」

馬と狼の仲がいいなんて、オーギュストは聞いたことがない。だが、この人狼はとても馬との相性がいいようだ。ギーは短く口笛を吹くと、あっという間に自分の側に引き寄せ、柵に飛び乗り、鞍《くら》も乗せない裸の背に飛び乗ってしまった。

「えっ？」

手綱も付けず、ギーは楽々馬を乗りこなしている。その姿をオーギュストは、頬を染めてじっと見入っていた。するとギーは気付いて、馬に乗ったまま近づいてきた。

「王の城に行くんだろ？　俺はこの馬を貰うことに決めたから、何も問題はない。さっさと王様のところに行けよ」

「あっ……ああ」

本当は行きたくない。このまま馬と戯れるギーの姿を見ていたい。そう思っているのに、相変わらずギーは冷たく、また馬を馬場の中で思い切り走らせ始めた。

「城には、あまり行きたくないんだ」

ギーに聞こえるように、オーギュストはわざと大きな声で言ってみる。そんなことをしなくても、人狼の聴力は特別で、聞こうと思えば小さな羽虫の羽音ですら聞こえてしまう。わざと大きな声を出すのは、それだけ注目して欲しかったからだ。

「城は腐った臭いがする。汚れているからだけじゃない。中にいる人間、すべてが腐ってるせいだ」

嫌っていても、自分は宮中生活に向いていることをオーギュストは分かっている。口先ばかりの騙し合いとなったら、オーギュストのもっとも得意とするところだった。

だが今となっては、そんなことはすべて虚《むな》しく思えてくる。

ギーと抱き合っていれば、自分を取り巻く世界そのものに溶け込んでいくように感じられる。そこに嘘は何もない。

「オーギュ、金があるなら俺に投資しないか？」

再び近づいてくると、ギーは思ってもいなかった提案をしてきた。

「投資？　ギーの口から、そんな言葉が出てくるとは思わなかったよ」

「そうだな。俺は、檻に入っていた獣だからな。そんな知恵はないと思ってるだろう」

皮肉なギーの口調に、オーギュストはまた頭への憎しみを強くする。攫われることなどなく、両親の元で大切に育てられたらどうだろう。たとえ両親がヒドラだったとしても、そんなことは関係ない。愛情を込めて育ててくれれば、もっと明るくて素直な男に育っていた筈だ。

「あの馬、俺にくれるんだろ？」

「ああ、あげる」

「では、ついでに若い牝馬を五頭くれ。買えるだけの金でもいい」

「いきなりか？　今日見たばかりの馬で、子を作るつもりなのか？」

そこでギーは、両手を胸の前に組んだままの状態で、皆が手を焼く荒馬を楽々乗りこなしてみせた。

「獣になって檻に入れられるまで、俺は馬小屋で馬達と暮らしていたんだ。狼の言葉だけじゃない。馬の言葉も分かる。せっかく自由になったんだ。俺は、いい馬を作りたい」

「そうか……いいことだ」

ギーにははっきりとした目標がある。それがオーギュストにはとても羨ましい。番を見つけた。交合や同調の意味も知った。これまで求めていたものが、すべて手に入った。けれどこの先、オーギュストはどう生きるべきなのだろう。

王に約束したとおり、王朝が永遠に続くようにと働くというのはどうだろう。同じ姿でずっと王宮内に留まることは出来ないから、重要な役職には就けない。では裏から王を支えるのか。今の王フランソワ一世なら喜んで仕えるが、この先の王達はどうなのか分からない。

所詮、王も人間だ。限られた命しか持たず、浅い知識しかない。そんな王より、いずれ自分のほうがはるかに優れた存在になる。そうなったときに、自分は王の臣下で居続けることが出来るのか。

ギーは自由だ。これからもきっと自由で居続けるだろう。

持たない者の自由が、少し羨ましい。オーギュストは男爵家を護っていかねばならない。そのためには、王家をも護らねばならないのだ。

「オーギュ、俺がここで働いても文句を言うな。いい馬を作るには、知恵がいる。俺がここの使用人に教えてやらないとな」

「ああ、好きにするといい」

馬を育てていれば、ギーはどこにも行かない。そう思って安心出来る。ならばここで馬を飼育するのは、大いに歓迎すべきだった。

問題は使用人達だろう。いきなり現れた謎の男に、横柄な態度をされて怒るのではないか。しかも彼らには、ヒドラを蔑むところがある。ギーのエキゾチックな風貌は、その出自を雄弁に物語る。隠すことは不可能だった。

「どうした？　王様が待ってるぞ。腐った城に行ってこい」

「そうだった……」

ギーから離れて、ベリーと共に城に向かう。すると森に迷い込んだ子供のような、たまらなく不安な気持ちになってきた。

数日前までは、ギーの存在を全く知らなかったから、こんな不安な感情を抱くこともなかったのだ。番を見つけたら、それだけで幸せになれると思っていた。けれどそんな簡単なものではないらしい。

「若様、本当にあの方が番なのでしょうか？」

王城に着くと、ベリーが思い詰めた様子で言ってくる。やっとオーギュストと二人きりになったから、今しか言えないと思ったようだ。

「気に入らないか？」

「私は……そろそろお役を退かねばなりません。あの方が、私のしてきたようなことも、すべてやってくださるなら、何の心配もないのですが……」

「無理だろうな」

ギーが従者のように、オーギュストの身の回りの世話までするとはとても思えない。その逆も同じだ。オーギュストは自分の世話すらままならないのに、ギーの世話まではとても出来そうになかった。

「そうですよね。私の甥に、任せようかとも思いましたが」

「……ギーがヒドラだから、難しいと思っているのか？」

「いえ、いや、はい……そうですね」

ベリーは正直だ。狼の一族として、異端の存在であるオーギュスト達人狼のことは認められても、現世の人間らしくヒドラには偏見を持っていることを、隠そうとはしない。

「あの方は凶暴で、まるで本物の獣のようです。機嫌を損ねたら、甥は殺されてしまいかねないでしょうか？」

「そんなことはない」

安心させるように言ったけれど、オーギュストも不安だ。何しろギーは暗殺者として育てられている。番となったばかりで、その性質もよく分からない。

抱き合っているばかりだ。話し合うことは滅多にない。食事をするか、湯浴みをするぐらいで、その他はほとんど体を重ねて過ごしている。

オーギュストだって、自分のしていることの愚かさは分かっているつもりだ。身分も上で、人狼としても年上なのに、どうしてもギーに従うような姿勢を示してしまう。もう少しオーギュストが、いつものように自信のある態度で接することが出来たなら、ベリーにこんな不安を抱かせることもなかっただろう。

「若様……もしかしたら、あの方を恐れておいでですか？」

「恐れる？　そんなこと、あるものか。あれは、俺の番だ」

ムキになってオーギュストは答えたが、ベリーの言うことは的を射ていた。

恐れていると言われたら、まさにそのとおりだ。普通の人間相手だったら、いいように繰ることの出来るオーギュストが、ギーには全く何も出来ない。愚かな恋する少年のようになってしまう。

謎めいたギーに対して抱く気持ちは、確かに恐れというのが相応しいかもしれない。

「それならようございました。私も、これで安心して隠居が出来ます」

「ベリー、これまでよく仕えてくれた。余生に不自由のないよう、十分な慰労金を支払おう」

「とんでもございません。私も、これまで若様と一緒に過ごせて、何よりも幸せでした。この先もずっとお供いたしたいところですが……老いには勝てません。無念です」

狼の一族であっても、若いときと同じようにオーギュストに仕えることは出来ない。それは悲しい定めだった。

「ヒドラでもギーは俺の番だ。甥には、よく言い含めて寄越してくれ。それと、甥がどんな名前か知らないが、俺はベリーと呼ぶ。この先もずっと、俺の従者の名はベリーだ」

「もったいのぅございます」

ベリーは泣いている。オーギュストに心酔していたベリーだ。離れるのはオーギュストとしても辛い。けれどどこで感傷に流されるのは嫌だ。この先何人ものベリーと、いずれは別れなければならないのだから。

王の前に出ると、何を思ったのか王はぎょっとした顔になる。オーギュストが目の前で変身した姿を、思い出してしまったのかもしれない。

「我が君……お命を狙った獣は、谷底深くに落ちて息絶えました。もう何も案ずることはございません」

報告すると、王はやっといつものような表情に戻って、オーギュストを愛しげに見つめてきた。

「うむ……戦いで深傷《ふかで》を負ったそうだな。もう傷は癒えたのか？」

「まだ多少痛みますが……それより、捕らえた暗殺団の首領の処分が終わっていないのだとか？」

「ああ……何も吐かぬからな」

「決して、自らは口にしない筈です。彼等にも暗殺者としての矜持《きょうじ》がありますから」

そこで王は力なく笑う。ヒドラである殺し屋に、そんな崇高な誇りなどあるものかと思っているのだ。

「我が君、死を待つだけの者を、どんなにいたぶっても意味はありません。それよりも、彼等を雇った人間を見つけ出す、よい方法があります」

「ほう、どんな方法だ？」

「広間に、我が君が怪しいと思われる方々を集めてください」

人の感情を読み取るのは、オーギュストのもっとも得意とするところだ。人狼になってからは、さらにその力が増していた。

どうやって読み解くのかというと、それは臭いだ。嘘を吐いている人間は、嘘の臭いをさせる。発情している人間は、盛んにそういった臭いをばらまいているし、恐怖に怯えた人間は、もっとも分かりやすい臭いを発した。

臭いで考えを読まれているなんて誰も知らない。なのに香水を体に振りかけて、臭いを消す方法が広まっている。湯浴みが体によくないという話が流布したせいで、フランス貴族の大半が汚れているから、それを誤魔化すためなのだ。

オーギュストが宮中を嫌うのは、そんな臭いが原因だ。短い時間や、少人数を相手にするなら耐えられるが、大勢の貴族が集う舞踏会などは、オーギュストにとって耐えがたい場所となる。

疑わしい者が集められる間、オーギュストは城の地下にある牢《ろう》に向かう。

じめじめとしていて不潔で、悪臭漂う場所なのに、意外にもオーギュストは平気だ。死の恐怖に対して罪人達が醸し出す臭いは、正直だから不快ではない。薄汚れた囚人の姿も、白粉《おしろい》で誤魔化した貴族と違いなく思える。

厳重な見張りを立てた奥の牢に入れられた頭の姿は、すでにぼろぼろになっていた。腫れ上がった瞼《まぶた》のせいで、まともにものが見えないようだが、それでも頭はオーギュストを見て鼻先で笑った。

「獣はどうした？」

掠《かす》れた声で、ギーのことを訊いてくる。

「谷底に追い落として、始末した」

「何だって？　やつの血が、欲しかったんじゃないのか？」

「血にどれだけの価値がある？」

「不老不死の秘薬だ。どんな難病でも治す」

そこで今度は、オーギュストが鼻先で笑ってやった。

「命を消す仕事と、助ける仕事。両方を獣にやらせていたのか？」

「そうだ……それが、獣の役目だ。狼は森の不用な命を狩り、必要な命を守る。それと同じだ」

ギーを利用してきたことは不快だが、頭の言っていることはまともだ。だがその理屈でいったら、王は狩られるべき不用な命ということになってしまう。

『可哀相に……綺麗な男に惹かれて、騙されたのか。馬鹿なやつだ』

頭はヒドラの言葉で低く呟く。獣としてギーを利用してきたくせに、仲間としての意識はあるようだ。

『騙してはいない。彼は引き取った。自由にしてやったんだ』

オーギュストが何気なくヒドラの言葉で話したので、頭は驚いた顔になっている。

どんな言葉でもすぐに覚える。それがオーギュストの才能の一つだが、知らない者は驚くだろう。

『今から少しの間、俺のために働いてくれ。それが済んだら、助けてやってもいい』

『助ける？』

『おまえが望むなら、獣の血をやる。ただし生き延びても、二度とこの地に近づくな。ジェヴォーダンに帰るんだ』

頭は疑っている。自分達は王の命を狙ったのだ。オーギュストはどう見ても、王に忠実な貴族のように見えるが、それが助けると言っても俄《にわか》に信じられないだろう。

『獣を騙したように、俺まで騙すつもりか？』

『獣を騙してはいないさ。俺は貴族以外は騙さない。信じても、信じなくても、おまえは殺される。生き延びるには、獣の血を飲むしかないんだ』

力なく頭は笑い出す。鉄格子を挟んでの二人の会話は、牢番達には聞こえない。聞こえたとしても、独特のヒドラの言葉では意味が分からないだろう。

『嘘を吐くな。獣なんて、やつは、どこにもいないじゃないか』

『言わなかったか？　俺も獣だと』

「……」

頭は一旦言葉を失い、次には牢番達に向かって何か告げようとしかけた。けれど頭は、それほど愚かではなかったらしい。鉄格子を強く摑むと、オーギュストを見つめて下唇を嚙みしめている。

『獣を悪用して、金を稼ぐような真似は二度とするな。狼の一族は、あらゆる国と地域にいる。敵に回すべき相手じゃない』

殺すことは簡単だ。だがこの男を殺していいのはオーギュストではない。ギーがするべき仕事だ。だからあえてここでオーギュストは、頭にとって有利な交渉をしていた。

『どこに逃げても、俺達は追いかける。獣の力は、分かってるだろ？』

『ああ……分かってる。おまえ達には、逆らわない』

『では、交渉成立だな』

オーギュストはそこで手袋を取り、短剣で指先を少し傷つけて頭の口元に差し出した。

『今から王の前に引きずっていくが、途中で死なれたら困る。これはほんの手付け金だ』

頭は半信半疑の様子で、オーギュストの指先を舐めた。その途端、頭は鉄格子を握りしめて、低く呻いた。

『今のおまえには、ワインより効くだろ？』

『ああ……獣の力だ……』

昔の騎士だったら名誉の死なんてものを選んだだろうが、ヒドラは現実的だ。どうにかして生き延びる方法を選ぶ。それはぎりぎりまで死を受け入れない獣に近い考え方で、オーギュストとしては好きだった。

「この者を、王の前に引き立てる。牢から引き出せ」

オーギュストは牢番達に命じる。手袋を再び塡める頃には、指先に傷一つなかった。

王に呼び出されて集まった人々は、何のために呼ばれたのか分からず落ち着きをなくしていた。その全身から、緊張感が滲みだしてきている。どうやら王に対して後ろめたい思いを抱いているのは、暗殺を依頼した者ばかりではないらしい。

連日のいたぶりで、傷つき汚れた頭の体からは、饐《す》えた嫌な臭いが立ち上っている。けれどオーギュストは、それ以上の悪臭を意外な人間から嗅ぎ取っていた。

王が狙われていると告げてきた枢機卿だ。

自分がなぜこの場に呼ばれたのか、枢機卿はもう分かっているらしい。この場でただちに頭を殺してしまいたいほどの強い憎悪を抱いていた。それが汚れた頭以上の悪臭を発する原因だ。

「我が君……枢機卿を除き、皆様を退室させてください」

「まさか……オーギュスト、枢機卿だと言うのか？」

「新教徒の弾圧を進めるために、よい口実になると思ったのでしょう」

人間は愚かな生き物だと、オーギュストはこんなときに強く思う。

狼は他の群れの縄張りを荒らさない。もし荒らしてしまったら、制裁を受けることになると知っているからだ。だが人間は、自ら他者の縄張りに踏み込み、壊滅させようと足掻《あが》く。そのためにどれだけ犠牲が出ても厭《いと》わないのだ。

同族殺しをこれほど熱心にやる生き物は、人間ぐらいのものだろう。オーギュストはこんなとき、自分が人でも獣でもない特別な存在であることを誇りに思う。

枢機卿は一人だけ残され、無言の頭に見つめられていることで、ますます悪臭をまき散らし始めた。鼓動は速くなり、オーギュストの耳には今にも破裂しそうな心臓の音が聞こえている。

聖職者の高位の者は、ほとんどが貴族の出だ。家督を継がない子息の中から、軍人にならない者は聖職者となる。聖職者は手厚い保護を受けていて、高位になればなるほど実入りはいい。新教徒が説くように、清貧に甘んじて神や民衆に仕えるなんてことは、出来ればしたくないだろう。

「枢機卿……お覚悟を」

オーギュストが頭を下げて静かに言うと、枢機卿はいきなり喚きだした。

「私は、神に仕える者だぞ。それが、どうして王のお命など狙うというのだ」

「この者に、金を払ったのはあなたでしょう？」

「馬鹿な。陛下、どうなさったのです。いきなり現れた色小姓に、魂を吸い取られましたかな。陛下、男色は神の認めぬ行いです」

その言葉に、王はみるみる機嫌を悪くしていく。

オーギュストと肉体の関係はない。精神的に惹かれているからこそ王は、オーギュストをより大切にしたいと思い始めている。

「余の命を狙うだけでなく、さらには余とジャルジェ男爵まで辱《はずかし》めるつもりか？」

「いえ、そのようなつもりはありません。何しろ、あのヒドラは、何も言ってはおりませんのに、なぜ、私を犯人扱いなさるのか」

オーギュストの前で嘘を吐くのは、精神が余程強靭《きょうじん》な人間でないと難しい。枢機卿はその身分に相応しくない精神しか、持ち合わせていなかったようだ。

「枢機卿はこの罪人をよくご存じのようですね」

「そのような罪人など知らぬ」

「では、なぜこの者が、ヒドラだとご存じなのか？」

オーギュストの問いかけに、頭は大きく仰《の》け反《ぞ》って笑った。それを見た枢機卿は、怒りからか手にした杖《つえ》でいきなり頭を殴り始めた。

「き、決まっている。悪しき行いをするのは、ヒドラに決まっているんだ」

「とんでもない偏見ですね、枢機卿。彼等は、あなたと同じ神を信じているのに」

汚れた体だが、その胸元には十字架がぶら下がっていた。銀かもしれないので、素手で触ることはせず、オーギュストは手袋をした手で摘み上げる。

「その者は新教徒だ。信仰は偽物だっ！」

叫ぶと枢機卿は、杖の中に仕込んだ剣で、頭の腹を突き刺してしまった。

すぐに衛兵が枢機卿を捕まえる。オーギュストは牢番達に、頭を連れて行くように命じて、自らも同行した。

『嘘吐きめ、話が、違う』

オーギュストの手を力なく握りしめて、頭は囁く。

『これでいいんだ。一度、死んでくれ』

枢機卿が愚かなせいで、ことは簡単に運んだ。オーギュストは牢番達に命じた。

「この男はどうせ死ぬ。死体置き場に放り込んでおけ」

牢番達もその提案を疑わない。いたぶられ、弱り切った体で腹を刺されたのだ。誰だってすぐに死ぬと思うだろう。牢の奥には、死体やゴミを置いておく場所がある。扉を開くと水路になっていて、船で死体やゴミを運ぶのだ。そこに頭は放置された。

『いいか……ゴミ処理人には、話しを付けておく。死体のふりをして、ここを出て行け』

そう言ってオーギュストは、いかにも死体を検分しているようなふりをして、頭に血を飲ませた。

『おまえの体から、血はもう流れない。傷も、自然にふさがる。獣の血の効果は、売り物にしていたおまえが一番よく知ってるだろ？』

『あ……ああ』

『優しいだろ？　俺に感謝してもいいぞ。ただし惚《ほ》れるのは駄目だ。俺はもう……ジェヴォーダンの獣の番だから』

オーギュストはそこで誇らしげに笑った。

このまま城に留まれと王は言うが、オーギュストは辞退して家路を急ぐ。白分の領地に入った頃には、夜明けが近づいていて辺りはうっすらと明るくなり始めていた。

人狼は疲れるということを知らない。数日眠らなくても平気だし、空腹にもかなり耐えられた。だがそんなオーギュストに付き従うベリーは、そろそろ老いの近づいた人間だ。さすがに疲れたのか、馬上でうとうとしていた。

邸までもう少しだが、ここで休ませるべきだろうか。そう思っていたら、狼の遠吠えが聞こえた。

「あれは……」

普通の狼ではない。あの声はギーだと、オーギュストにはすぐに分かった。

「迎えに来てくれたのか……」

狼になれば、聴覚と嗅覚は特別鋭くなる。ギーはとうにオーギュストが戻ってきたことを察していたのだろう。

「ベリー、先に帰ってくれ。狩りをしていく」

ギーはあれから食事のとき、食卓に着いていない。いつも狼になって、森に狩りに出掛けてしまう。

皿やグラスを使って、普通の人間のように優雅に食事をするのが気に入らないのだろう。

獲物は豊富だ。森の奥に入れば、よく肥えた鹿がすぐに捕らえられる。これまで自由に狩りをすることもなかったギーにしてみれば、楽しくてしかたがないのだろう。人間らしい食卓の演出に拘《こだわ》って、ギーの楽しみを邪魔するつもりはない。

ベリーがよたよたと帰って行く後ろ姿を見送り、オーギュストは馬から下りた。するとギーが、影のようにすーっと忍び寄ってくる。

「弔いは済んだのか？」

狼となったギーは、そうだと言うようにオーギュストの手を舐めてくる。けれどすぐに低く唸り始めた。手袋を外すのが早すぎただろうか。ギーはオーギュストの手に付いた、頭の臭いを嗅ぎつけたのだ。

すぐにギーは人間の姿に戻った。それと同時に、恐ろしい力でいきなりオーギュストの胸ぐらを摑み、高々と持ち上げてしまったのだ。

「何であんなやつに、血を与えた？」

「す、凄いな。何も言う前から、何もかも分かってるんだから」

傷口はすぐにふさがるが、肌に残った血の臭いは消えない。ギーはオーギュストの血と頭の臭いで、瞬時に何があったのか読み解いたのだ。

それにしてもさすがに苦しい。オーギュストは足をばたつかせて、哀れな声をあげる羽目になっていた。

「ギー、怒るな。暗殺を依頼したやつを見つけるのに、やつの命を助けるって、交渉したんだ」

「交渉？　お人好しのお貴族様らしい、馬鹿な真似をしやがって」

「こ、殺して、欲しかったのか？」

「ああ、一思いに殺してやるのが、礼儀ってもんだろ」

どうしてそれが礼儀に適《かな》うのか、オーギュストの常識では分からない。けれどギーの育った世界では、それが正しいことなのだろうか。

「下手な情けなんか掛けやがって！」

情けを掛けたのだろうか。言われてみればそのとおりだ。オーギュストは戦場では平然と敵兵を殺すが、それ以外ではあまり人殺しはしたくない。頭のことは憎かったが、いたぶられた惨めな姿を見ただけで溜飲《りゅういん》を下げてしまったのだ。

「どうせ、やつは後何年も生きられない。ワインを十樽《たる》くらい、余計に飲めたってだけだ」

「甘いぜ、オーギュ。貴族の若様らしい、甘い考えだ。やつは俺達の秘密を知っている。そんなやつを野放しにしたら、また狙われるってことが分からないのかっ！」

「そ……それは……そうかも、しれないな」

だがあのときは、オーギュストに対する感謝の気持ちしか感じられなかった。助かりたい一心だったのかもしれないが、嘘はなかった筈だ。

「ヒドラのしつこさを、おまえは知らないんだ。与えられた屈辱は、何倍にもして返すのがヒドラ流だ」

「そうか？　だったら、相手が感謝していたらどうなんだ？　何倍にもして、感謝の気持ちを返してくれるんじゃないのか？」

「そんなお人好しのヒドラなんて、いるもんかっ」

ギーは乱暴にオーギュストを地面に投げつける。オーギュストは倒れたまま、意味もなく髪をかき上げてギーの怒りが収まるのを待った。

「人間はそんなに長く生きられない。結構、ボロボロにされてたから、あの調子なら生きてもせいぜい十年だ。俺に復讐するほどの余裕はないさ」

「甘く考えるな。やつらは俺達よりはるかに大きな群れなんだぞ。生きられる時間は短くても、子を成すことが出来る。増え続けることが出来るんだ」

どうやらギーのことを、大きく誤解していたらしい。愚かな獣と思っていたが、ある意味オーギュストよりも、世間のことを知っていて賢いのではないかと思えてきた。

「だったらどうすればいい？　朝にはゴミ処理の船に乗って、城から出て行くぞ。その後を追って、また息の根を止めるのか？」

「そんな卑怯《ひきょう》な真似を、オーギュはしたいのか？　俺ならやるが、オーギュは出来ないだろ？　何しろ、騎士の魂を受け継いだお貴族様だからな」

「そんなに苛《いじ》めるなよ。わざわざ迎えに来てくれたんだろ？」

オーギュストは誘うように、上着を脱ぎ始める。仲直りのために体を差し出すなんて卑怯な手だが、オーギュストにはそれしか思いつかない。

何よりもギーが迎えに来てくれたことを、まずは素直に喜ぶべきだった。一番いいところを、一瞬でふいにしてしまったことが悔やまれる。

すべて脱いでしまうと、着ていたものをまとめて馬の背に括り付けた。そして優しく命じる。

「邸にお帰り。途中、狼に気を付けろ」

馬は低く嘶《いなな》くと、邸に向かって走り出す。空は明るさを増して、木々の姿もはっきりと見えてきた。これなら馬も迷うことなく、邸に帰り着けるだろう。

「狩りをしようか？　空腹だ」

口ではそう言っているけれど、オーギュストは誘うようにギーの体に触れている。ギーは唇を固く引き結んだままで、まだ怒っているようだった。

「怒るなよ。俺は……軽率で、いい加減なお貴族様なんだから」

逞しいギーの体に腕を回し、ぴたりと抱き付く。そしてすぐ頬に唇を押し当てた。

「依頼人が枢機卿だって、知ってたのか？」

そんなことを話したら、また怒りを蒸し返してしまうだろうか。だがお喋りなオーギュストは、今日あったことを黙ったままではいられない。ギーは内心呆れているかもしれないが、いい聞き手になってくれていた。

「王は、あまり長くは生きられない。だから犠牲になって殺されてもいいと枢機卿は思ったんだ。新教徒を潰したいから、彼等が暗殺を依頼したと思わせるつもりだったのさ」

ギーもすでに興奮しているのに、オーギュストを抱こうとせずに黙っている。そう簡単に堕《お》とされないぞと、意地になっているようで可愛く思えた。

「くだらないよな。同じ神を信じてるのに、決まり事を作ってお互いに牽制《けんせい》し合ってる。しまいには、神を理由に殺し合いだ」

少しずつずらしていって、ついにギーの唇を捕らえる。そうしている間もオーギュストの指は、最高の楽器を奏でるようにしてギーのものを弄っていた。

「何で……迎えに来たんだ？　本を読むのは、飽きた？」

唇を重ねても、ギーは何もしてこない。まだ執拗《しつよう》に怒っているようだ。

「食事に誘うために、待っててくれたのか？　それとも……待ちきれないくらい、俺に会いたかったとか？」

いきなり乱暴に髪を掴まれた。そして獲物を食い千切るような勢いで、荒々しく唇が奪われた。

「あっ！」

口の端が少し切れたようだ。けれどその微かな血の味が、ギーを余計に興奮させていた。

「何で、おまえなんだっ！」

噛みつくようなキスをしながら、ギーはオーギュストの体を木に押しつける。豊かな森の一員である大木は、領主の体を喜んで支えてくれた。

「俺は自由になった筈だ。ここにはもう檻はない！」

「そうだよ、ギー。おまえは自由だ。好きに生きていい」

「なのに、なのに、心は前より自由じゃない。どうしておまえの姿が見えないと、苛立つんだ。何でこの俺が、一日中、おまえの姿を探していなければいけないんだ」

「ギー……」

ギーは簡単にオーギュストの体を持ち上げ、そのまま荒々しく行為に持ち込む。前技もなければ、愛の言葉を囁くこともない、いかにも獣じみた行為だったが、オーギュストは最高の喜びを味わっていた。

「あっ……あああ……」

「おまえの姿が見えなくなった途端、どんどんおかしくなっていった。どうにかしろっ、オーギュ」

「んっ……んん……そうだな」

「何か魔術を使ったのか？　新種の媚薬を俺に仕込んだのか？」

オーギュストはギーの首を抱き、押し寄せる快感に身を委ねながらも、どう答えようか考える。

城に行っている間、ギーは何をしていたのだろう。まずそこから考えてみた。

きっとしばらくの間は、自分の馬に夢中になっていた筈だ。それから埋葬の用具を持って、オーラ爺さんの亡骸がある場所に戻ったのだろう。

ヒドラ達のほとんどは捕まり、残った者もとうに逃げてしまった筈だ。放置された亡骸を埋葬しながら、ギーは自分が自由になったことを、改めて強く意識した。

そのまま馬に乗って、逃げることだって出来る。知らない土地に行って、新たに生きるのはどうだろう。これまでやりたくても出来なかったことを、思い切り楽しめばいい。

そう思った筈だ。だけど出来なかった。

なぜならギーは、オーギュストに出会ってしまったからだ。

「ギー、俺自身が最高の媚薬だ」

「ううっ、媚薬なんてもんじゃない。おまえは、毒だ。俺の心を喰いやがって」

「うん……そうだな。毒かもしれない」

その部分に打ち付けられるギーのものは、萎えるということを知らない。それはそのまま、ギーの心の熱さを物語っていた。

「んっ……あっ……ああ、いいよ、ギー、俺がいなくて寂しかったのか？」

問いかけてもギーは答えない。彼なりの自尊心というものがあるようだ。間違ってもここで、寂しかったとは言えないのだろう。

「どうして俺達は、別々に生まれたんだ……。最初から、一つの体で生まれてくれればよかったのに」

木に背を預けただけの不安定な体勢でも、何の不安もない。なぜならギーは、決してオーギュストを離しはしないからだ。

二人の体が、そのまま溶けて一つになってしまえばいい。そうすれば離れている間の不安感なんてなくなる。

「こうして抱き合ったまま、焼かれてしまおうか？　そうすれば、ずっと一緒だ」

「口ばかりだ。オーギュは、口だけの嘘吐きだ」

このまま本当に殺すつもりだろうか。ギーはオーギュストの首に右手を添え、強く絞め始めた。

「そ、そんなことしても、無駄だ。人狼は、そう簡単には死なない」

「だけどいつかは死ぬ。いつかはいなくなるんだっ！」

まだ出会ったばかりなのに、ギーはオーギュストを失うことを恐れている。もしかしたら狼の姿で出迎えたのも、帰りが遅かったから城で何かあったのかと、探りに行くつもりだったのかもしれない。

「まだずっと先だ。愛しい……俺の獣」

オーギュストはギーの手を摑んで喉からどけると、その顔を優しく舐め回す。そして唇を奪い、思い切り貪った。

「ギーは知らないんだ。おまえを苦しめているものの正体を……」

「ううう っ……何だ、それは？」

「んっ……ああっ……あっ！」

樹木から滲み出る蜜のように、オーギュストのものからだらだらと精が零《こぼ》れ出る。この日最初の朝陽を受けて、ギーの体はそこだけ光って見えた。

くらくらして、今にもギーの体を抱く手を離してしまいそうだ。だが落ちる心配はいらなかった。

まるでオーギュストには重さがないかのように、ギーが変わらずにしっかり支えてくれている。

「ギー……愛だよ。おまえが教えられなかったもの……それは愛だ」

「そんなもの、そんなもの、いらない。正体も分からない、そんなものは、俺にはいらない」

いつもの冷静な皮肉屋は姿を消していた。ギーは完全に余裕をなくし、自分を見失っている。

もしかしたらヒドラの頭をオーギュストが助けたことで、余計な不安を抱いているのかもしれない。

ギー以外の男にも、オーギュストが優しく接して、同じようにすべてを与えてしまうのではないか。

そんなふうに疑っているのではないか。

「いらないのか？　この俺を、いらないって、おまえは言うのか」

「うっ、ううう」

「俺は……ギー、おまえが欲しい。おまえの精も血も肉も、すべて欲しい。だって、俺はおまえを愛しているもの……」

そこでオーギュストは、思い切り強くギーの肩を噛んだ。

「ううう……」

ギーもお返しのように、オーギュストの肩に歯を食い込ませる。途端にオーギュストは、ギーの体を抱くことも出来ないほどの衝撃を受けて、瞬時に果ててしまった。

「うっ、な、何てことだ……ギー、ああ……」

ぐったりとしたオーギュストを支えきれなくなったのか、そのまま二人の体は地面に倒れ込んだ。

そこでまたギーは、激しくオーギュストを求め続ける。

一度体を離したが、次に挑んできたときには、ギーは狼の姿になっていた。慌ててオーギュストも、狼の姿になる。途端に二人は、まるで喧嘩をしているかのように、互いの体を激しく噛み合っていた。

早朝の森は優しい。支配者である人狼同士の激しい交合を、霧で隠してくれている。

二人が飢えを思い出すまで、しばらく森は平和だ。

王から何度も近衛隊への入隊を望まれたが、オーギュストは断り続けた。その代わりに、王のために様々な内偵を引き受けるという条件で、公の場に出ることをしないで済ませたのだ。

ギーと離れるのは難しい。ましてや城に行くとなると、またギーは余計な心配をしておかしくなってしまうだろう。

いつもは冷静で、ほとんど感情なんて出さないのに、嫉妬に狂うとギーはおかしくなる。愛し方、愛され方の練習を、一度もしてこなかったせいだ。

「狐みたいな外見も、時には役に立つんだ。狼だと追い払われるが、犬だと思えば世の中は優しいもんだ。たまに、腐りかけた魚や黴《か》びたパンを投げられることもあるがな」

馬上でオーギュストは、わざと明るい調子で言った。ギーはオーギュストの話を聞いているのかいないのか、馬の様子を見るのに忙しい。

今回乗っているのは、ギーが遠方の牧場で買い入れた馬で、普通のよりかなり大きい。馬上槍《やり》試合をする貴族のために、高値で売るという。さらには軍馬として売りたいので、繁殖をさせるつもりでいる。

オーギュストの厩舎には、こんな大型の馬はいない。こういう馬は荷馬車や農耕馬だと思っていたから、わざわざ飼うことはしなかったのだ。

「この馬は、うまいんだ」

ギーがぽつりと言う。背後に買い入れたばかりの五頭の馬をギーは連れているから、途中で一頭、本当に食べるつもりかとオーギュストは心配になってしまう。

「食べたのか？」

思わず芦毛《あしげ》の馬を見下ろしてしまう。性格は大人しいのか、のんびりと歩く姿がどこか微笑ましかった。

「ああ、ヒドラの荷馬車を引くのは、みんなこの種の馬だ。怪我をした馬は、ありがたくみんなで喰わせてもらうことになっている」

「そうか……馬を食べる必要に迫られたことはなかったな」

「オーギュは飢えたことなんてないだろ？」

「ない……」

訪れる先の森はどこも豊かで、オーギュストは飢えるということを知らないでここまできた。オーギュストを苦しめる飢えに近いものがあるとしたら、それはギーの愛という形の全く見えないものだけだろう。

生まれて一年も経たない頃、ギーはヒドラによって攫われた。オーラ爺さんの話では、ギーはヒドラと同じ南方の国より流れてきた異国人の子孫だそうだ。ヒドラと違い心穏やかな人々は、小さな集落を作って静かに暮らしているのだという。

「ギー、もう一軒、牧場に寄っていかないか？　いい馬がいるかもしれない」

「七頭買った。これで十分だ」

乗っていった馬もいるから、二人は九頭の馬と旅している。ただの牧童だったら、盗賊に狙われやしないかとびくびくものの旅だが、オーギュストとギーの二人に怖いものは何もなかった。

「寄ってみようよ。ギーの着眼点は素晴らしい。フランスは戦争ばかりだ。大砲を運ぶのに大型の馬がますます必要になるだろう。俺は、王や貴族に顔が利く。買い手には困らないさ」

本来貴族は、領地からあがる収入で暮らしていくものだ。自ら労働ということはしない。働くなら神職に就くか、軍人になるのが普通だ。

オーギュストは軍人の家系だが、国軍の入隊を断った。それなら領地の管理だけしていればいいのに、ギーと一緒に牧場の経営に乗り出そうとしている。

経営するのに、何も自ら馬の買い付けに同行することはない。ギーに供を付けて行かせればいいだけだ。なのにオーギュストは、自ら出向く。その理由の一つは、ギーを不安にさせないためだったが、実はオーギュスト自身が好奇心に溢れていて、いろいろなことに興味があったからだ。

今回は特別に、ギーのためわざとこの土地に寄るよう仕組んだ。それが正しかったのかどうか分かるのは、この土地を去るときだろう。

「見ろ、牧場がある」

街道を逸《そ》れて少し行くと、柵で囲まれた放牧地が見えてきた。決して広くはないが、毛艶のいい馬が数頭、楽しげにじゃれ合っていた。

「何でオーギュが、こんなところの牧場まで知っているんだ？」

「俺はフランス王直属の内偵だぞ。この国のことは、たいがい知っている」

少し大げさだったかもしれないが、実際にオーギュストが調べたいと思うことは、何でも知ることの出来る特権を得ている。

「軍馬の輩出先だ。ギーにとって、これから商売敵になる相手だぞ」

その言葉で、ギーも興味を抱いたようだ。

牧場の側には粗末な家が数軒あって、馬具を扱っているとの看板が出ていた。二人が近づいていくと、真っ先に出迎えてくれたのは大勢の子供達だ。彼等は黒髪で、皆、同じように愛らしい顔立ちをしている。

それを見て、ギーの表情が曇った。オーギュストの真意を読み取ったらしい。

客が珍しいのか、それともオーギュストの風貌が気に入られたのか、子供達は騒いでいる。『美しい騎士様』とか、『美しい王子様』と言っているようだ。

するとあまりの騒ぎに、寝藁《ねわら》を用意していた牧場主の夫婦が近づいてきた。

何も説明はいらない。多くを語る必要などないのだ。黒髪の夫婦は壮年の異国人だが、品がよく美しい容姿をしている。二人にまとわりつく子供達は、ギーにどこか似ていた。

「馬をお売りになりたいのですか、若様？」

主もギーを見て、何かを感じた筈だ。なのに落ち着いて、何事もなかったかのようにオーギュストに訊《たず》ねていた。

「いや、馬上槍試合に使う馬を探している。この先で何頭か仕入れたが、もしいいものがあるならと思って寄ってみた」

「そうでしたか。生憎《あいにく》、今は重量級のよいものがございません。農耕馬ばかりでして」

「そうか、それは残念。では、あれはどうだろう。中量級のとてもいい牝馬《ひんば》に思えるが」

「いや、お目が高い。母馬はよい仔《こ》を何頭も産みましたから、丈夫な血統だといえます」

牧場を駆けている若そうな牝馬を、オーギュストはギーに教えた。

「あれはどうだ。ギーの馬と掛け合わせたら、いい仔が生まれそうだ」

「……」

ギーは黙って馬を見ている。その後ろでは、ギーの愛馬が興奮した様子で鼻を鳴らしていた。

「よければ馬達をここで休ませてはくれないだろうか。いい牧草が茂っている。先に宿屋もあるが、馬達にとっていいところではないから」

「もちろん構いません。汚いあばら屋ですが、よろしければ若様もどうぞ、中でお休みになってください」

「ありがとう、とても助かる」

オーギュストが馬から下りると、ギーは明らかに不満そうな様子を見せた。けれどそんなギーも、言葉もなくじっと自分を見つめている夫人の視線を受けて、照れたように俯いてしまった。

「何か召し上がりますか？　ワインも用意いたしますが？」

「いや、何もいらない。綺麗な水があれば、それで十分」

その一言で夫人は震えだし、壁に凭《もた》れて体を支える羽目になってしまった。

ここで名乗りをあげさせるべきだろうか。それともこのまま、何事もなくただの旅人として彼等の前から立ち去るべきなのか。

オーギュストには、ギーに対して親子の名乗りをあげろと強制することは出来ない。ギーが黙っていたければ、そのまま黙っていればいい。名乗りたければ、滞在の間にいくらでも機会はある。

建物は古びていたが、家の中は清潔だった。子供は何人いるのだろう。入れ替わり立ち替わりして入っては出ていくから、正確な数が分からない。そんな中、母親を助けている美しい少女二人だけは、この家の娘だと確信出来た。

「たくさん、お子さんがいるようだが」

水を持ってきてくれた主に、オーギュストはさりげなく訊ねる。すると主は、嬉しそうに笑った。

「八人おります。今、馬の世話をしている年長の息子達が二人、母親の手伝いをしている娘が二人、その下に男三人と幼い娘が一人です」

「それは……大変だ」

「私達は、子供を大切にします。宝物です」

そう言うと、主はじっとギーを見つめる。ギーは俯いたまま、黙って水を飲んでいた。

「妻と連れ添って二十五年になりますが、最初の子供は攫われました。やっと乳離れしたばかりの、可愛い盛りに……他のヒドラに盗まれたんです」

「お気の毒に……」

さぁ、名乗りをあげるときは来た。そう思ったのに、ギーは何も言わない。名乗りをあげ、実の両親や兄弟と抱き合うつもりはないようだ。

余計なことをしただろうか。

けれどオーギュストは、愛についてギーにはもっと学んで欲しいのだ。離れていても両親はギーのことを案じ、愛してくれていた。それが分かったら、もう少し愛されることの意味が分かるのではないかと思っている。

「特別な子供でした。神の加護があって、無事に育ってくれていればいいと、今でも毎日神に願っております」

主もギーに対して、あえて息子ではないかと追及はしない。彼等は狼の一族だ。ギーを無事育てても、いずれ旅立たせなければいけないと分かっているからだろう。

「上手に子供を育てられるから、馬もいいものが作れるのだろうか。私は、馬に関しては素人なんだ。ともかくいい馬が欲しいと思って、集めてはみたがどうだろう？」

オーギュストは巧みに話を逸らす。ギーが名乗らないなら、ここはあくまでも旅人のように装うべきだ。別に名乗る必要はない。ここで生まれ、この両親に愛された。それだけギーが分かればそれでいい。

「お連れになっている馬は、とてもいいものです。ただ、速駆けには向いておりません。槍試合のように、短い間の瞬発力なら十分ですが」

「ああ、それは分かっている。皇太子は槍試合がお好みだ。次期国王となる皇太子に気に入られるため、貴族達は競って槍試合の修行をしている。実は彼等に、高くふっかけて売ろうと思っているんだ」

「それは……そうですね」

主は笑ったが、そんな顔はギーにそっくりだった。

「よければ、馬の育て方など、この者に教えてやってくれ。馬の扱いは巧みだが、繁殖となると初めてなのでね」

また余計なことをと、ギーの怒りが爆発するだろうか。

確かに余計なことだ。ギーの過去をどう弄ろうと、幸福だった子供時代なんてものは作れないのだから。それでもオーギュストは、ギーが何とか彼等との繋がりを見つけて欲しいと願っている。

「若様のところの、馬丁《ばてい》頭ですか？」

「いや……」

そこでオーギュストは、口にすべき言葉を考える。

嘘は得意だ。けれどギーの前では、出来るだけ嘘は吐きたくない。だから何もかも、正直に話してしまいたかった。

「彼は、私の相方だ」

番とは言えない。恋人とも言えなかった。相方という言葉が適切かどうかは分からないが、他に言いようがない。けれどどう見てもヒドラの風貌をしているギーを、相方という対等な存在で呼んだことで、主にもオーギュストの真意は伝わっただろう。

「私は……オーギュスト・ジャルジェ男爵だ。都へ通じる橋で、通行税を取っている極悪人だ」

「身分の高い方だと思っておりましたが、男爵様でしたか。非礼はなにとぞ、お許しください」

「非礼？　そんなことは何もされていない」

こっそりと様子を覗きに来る幼い少年達のことなら、非礼と言えなくもないが、オーギュストは彼等が自分を見たがる気持ちが分かるので、鷹揚に許していた。

「男爵様、そろそろ陽も暮れます。宿屋まではまだ距離がありますから、よろしければ今宵はこちらで休まれませんか？」

穏やかな主の態度に、少々の焦りが感じられた。夫人からも、同じような匂いがしている。彼等は少しでも長く、いなくなった息子かもしれないギーの姿を見ていたかったのだ。

「そうだな。それでは休ませてもらおう。それで、宿代代わりに、今からちょっと森で狩りをしてくる。集落の全員が食べられるように、大物を仕留めてくるから」

オーギュストが立ち上がると、ギーも急いで立ち上がる。その動きはどこかぎこちなかった。

森に入ると、思っていたとおり、それまで口を開かなかったギーが文句を言い始めた。

「どういうつもりだ、オーギュ。親切なお貴族様ごっこがしたいのか？」

「怒るなよ。それより、何で自分のことを告げないんだ？」

そういえばギーは、ここに到着してからあの家では一言も話していない。まるで声を聞かれるのを恐れてでもいるかのようだ。

「必要ない。彼等は……じきに死ぬ」

「そうだな。人の命は短いから、生きられてもせいぜい百年か。だからこそ生きている間に、喜びが多くあったほうがいいと思わないか？」

ギーは答えず、馬から下りて木に繋ぐと、早速着ていたものを脱ぎ始めた。

夕暮れの森で、人の姿で狩りをするのは難しい。狼になったほうがずっと楽に狩れた。

「ギー、何で黙ってる。怒ってるのか？　いい人達じゃないか。今でも毎日、おまえのために祈ってくれている。愛されているのに、どうしてそんなに怒るんだ」

「死ぬんだ。死なずに、ずっと側にいるのは、オーギュだけだ。それ以外は、みんな死ぬ」

「俺もいつかは死ぬさ。人狼だって死ぬ。終わりはあるんだ。だからこそ生きている間が愛しい。失った時は取り戻せないが、悲しみを喜びに塗り替えることは出来る」

「人に喰わせるなら、獲物は一気に殺せ。血が回ると、肉が不味《まず》くなる」

それだけ言うと、ギーは変身してさっさと狩りを開始してしまった。けれどオーギュストは変身せず、そのまま弓矢を用意してじっとしていた。

「素直じゃない。どうして、ああ意地っ張りなんだ」

あのまともな両親を前にして、暗殺者として育てられた自分を恥じているのだろうか。だとしたら、あの素っ気ない態度も理解出来る。けれどオーギュストとしては、やはりここで感動の再会を期待してしまう。

「ギーがまともに示せる感情は、怒りだけだ。そういうふうに育てられたからだろうな。愛情を示す方法が分からないんだ」

誰に教えられたわけでもないのに、父親と同じように馬の繁殖をしたいと言い出した。たとえ短い間でも、両親の元で育ったときの記憶があって、そんなことを思ったのかもしれない。

それだけでも嬉しいことだろうに、逆にギーの感情は荒ぶるばかりだ。

「何で、こんな面倒な相手に惚れたかな……。いくらでも調子を合わせられる相手はいるのに、一番厄介な相手が番だなんて、俺も神様に忍耐力を試されてるのか？」

神はオーギュストに何もかも与えてくれた。類い希な美貌、優れた知力、親は貴族で生活に困らないだけの財力もある。

けれど本物の愛だけは、そう簡単には与えてくれないらしい。欲しいものを手にするためには、それなりの努力が必要だということだ。

しばらく待っていると、ギーが若い鹿を咥《くわ》えてやってきた。見事に喉を一噛みで切り裂いている。人が肉をおいしく食べるために必要な処置まで、ギーはやってのけたのだ。

「集落は人が多そうだ。もう二頭ばかり獲《と》ってこいよ」

オーギュストは狩りをする気にならない。狼の姿の狩りでは、ギーの圧倒的な力を見せつけられてしまう。苦もなく狩りをするギーに黙って付いていけば、すぐにおいしい獲物にありつける。痩せた小さな狼であるオーギュストが、努力する必要などないのだ。

「昼間ならな。弓矢で狩れるんだが」

暇そうに弓の弦を引いて遊んでいる。オーギュストが狩りを手伝わなくても、ギーは別に怒らない。むしろオーギュストのために、最高の獲物を獲ることを喜んでいる。

「そうか……これも愛情表現か……」

ギーが捕らえたのは、いつもなら狩らないような若い牝鹿だ。人には好まれる、柔らかな肉質の鹿だった。

「両親や兄弟に、おいしい肉を食べさせてあげたいんだな」

何と不器用な男だろう。愛情を口にすることは出来ないくせに、こうして思いを形にして、さりげなく貢ぐことはするのだ。

「俺もいつも、おいしい獲物を与えられてるからな」

甘い言葉や、煌《きら》めく宝石を贈ることが出来ない獣は、最上の獲物を差し出す。

それしか出来ないが、オーギュストは十分だと思った。

またギーが、若い鹿を引きずってくる。本気になったギーを相手に、逃げ延びることは不可能だ。何しろギーは、最高の暗殺者なのだから。

「ギー、俺もやりすぎた。おまえが自分のことを言いたくないなら、俺も絶対に言わない。この貢ぎ物で、きっと何かを感じてくれるだろうから、それでいい」

せっかく話し掛けても、聞いているのかいないのか、ギーはまたすぐに狩りに戻ってしまう。オーギュストは呆れつつ、獲物を運びやすいように紐《ひも》で括った。

結局三頭の獲物を仕留めて、集落に戻った。集落ではすでに人々が集まって、焚き火を囲んで祭りのように笑いさざめいている。表だっては言わないが、彼等も狼の一族だ。人狼の来臨に、心躍らせているのだろう。

正体がばれている証拠に、獲物を早速解体した男達は、オーギュストとギーには生のままで一番おいしい部位を与えてくれた。

不思議な祝宴が始まった。集落の人々は歌い踊り、二人を祝福する。何だか婚姻の宴《うたげ》のようだ。

そういえば番を見つけたのに、祝福してくれたのはベリーだけだ。まだ父にも話していなければ、世話になった人狼の仲間にも伝えていない。

ローゼンハイム伯爵にだけでも、手紙で知らせるべきだった。それをしなかったのは、オーギュス

トの中にギーがヒドラであることを恥じている部分があるからだ。

人狼であるからには、人種も身分も関係ない。皆、平等なのだ。それが分かっていても、心の奥には貴族育ちゆえの差別感が根付いていた。

邸に戻ったら、父にだけは報告に行こうと思った。非難されるかもしれないが、オーギュストにとってギーは大切な番だ。そのことをせめて父には、分かって欲しかった。

ギーの弟達が踊っている。ギーに似てなかなかの色男だが、育ちが違うせいかほんわかとした優しげな顔立ちをしていた。

「兄弟が多いから、彼等の一族はもの凄く増えていくだろうな」

オーギュストはギーの手を握り、微笑みながら話し掛ける。

「俺達には出来ないことだ。素晴らしい」

ギーは小さく頷く。その顔にはもう怒りはない。悲しみもなかった。

彼等の幸福そうな様子を見て、ギーの生まれた世界は愛に満ちていると悟ったのだろう。

最初に仕えたフランソワ一世が亡くなり、次代の王となったのはアンリ二世だ。彼はオーギュストが贈った馬に乗って馬上槍試合に出場し、そのときの怪我が元で亡くなった。

オーギュストは思ったものだ。ここで瀕死の王に、血を一滴与えるべきか。それとも死という運命を、あっさりと受け入れてもらうべきか。

先代の王との間にあったような、親密な何かがアンリ二世との間にはなかった。オーギュストのことは、謎が多いが優秀な内偵だと王は思ってくれたのだろう。重用してくれたが、個人的な関係は一切なかったのだ。

そこでオーギュストは決めた。王家の存続のためには尽力するが、王個人を助けるために血を捧げるようなことはしないと。

人は、与えられた運命のままに生きて死ぬのがいい。死は誰にも約束されたものなのだから、たとえ王でも同じだ。余計な手助けはしないと決めたのだ。

その後も何代か王が変わったが、オーギュストは今でも変わらずに別邸に住んでいる。たいがいの人狼は、しばらく姿を隠すために異国に旅をするが、大胆にもオーギュストは同じ邸に住み続けていた。

それでも怪しまれないのは、爵位を身内に引き継がせ表舞台から姿を消したからだ。姪の一人が、オーギュストに似たところのある綺麗な男の子を生んだ。その子を自分の子として、オーギュストは家督をすべて譲った。以来、オーギュストはジャルジェ男爵ではなくなったのだ。

それでも暮らしに困るということはない。優秀な内偵として、国家から報酬を得ている。さらに番のギーは、馬主としてかなりの財を築いていた。

「戦争のやりすぎと贅沢《ぜいたく》のしすぎで、今にこの国は滅びるぞ」

広大な牧草地をギーと一緒に周りながら、オーギュストは正直に思ったままを口にする。

戦争を非難してはいるが、その戦争のおかげでギーは今やブルジョワだ。巨大な砲台が戦場の必需品となると、それを運ぶ力強い馬が必要になる。この牧場で産出された馬は丈夫で、過酷な戦地で重要な役割を担っていた。

「先代の太陽王は、在位七十二年中、半分は戦争をしていた。そのうえ、ベルサイユ宮に貴族を強制移住させて、山ほど金を使っていたからな」

悪臭漂うベルサイユ宮殿が、オーギュストは大嫌いだ。人間の排泄物《はいせつぶつ》の臭いと、甘ったるい香水の匂いが混じり合い、たまらない悪臭をさせている。さらに人々が発する欲望や陰謀の臭気が、敏感なオーギュストに押し寄せてきて疲弊させた。

「ベルサイユはどんどん酷くなる。国王の絶対的権限が強まっていけばいくほど、内部から腐っていくように俺には思えるんだ」

「オーギュにとって王は、最初に仕えたフランソワ一世だけだ。そうだろ？」

「……そうだろうか」

「認めろ。ダ・ヴィンチを敬愛した進取の気性に溢れた王を、オーギュは愛していたんだ」

ギーを見つけたときは、文盲で読み書きは出来ないし、ほとんど話さなかったというのに、二百年も学ぶとやはり大きく変わる。今やギーはオーギュストを凌《しの》ぐ読書家であり、法律家であり、哲学者であり、自然科学者でもあった。

そんなギーなのに、未だにオーギュストに対してある種の劣等感を抱いている。どうやっても変えることは出来ない、身分の差というやつだった。

だから今でもギーは、とうに墓場の塵《ちり》となってしまったフランソワ一世に対して、嫉妬しているような様子を見せる。オーギュストがギーに出会う前、しかもまだ人狼にならない頃に親しくしていた相手だったからだ。

そう思わせるのは、オーギュストが身内以外で唯一、自分の変身した姿を王に見せたことが原因かもしれない。王はオーギュストとの約束を守り、人狼の秘密は決して口外しなかった。その代わりに王は、自分の死後何年が過ぎようとも、オーギュスト・ジャルジェと名乗る者に対して、絶対的信服をおいて国家機密に関わる内偵を依頼するよう書き残したのだ。

王がオーギュストを愛してくれたのは本当だろう。けれどオーギュストは、王を敬愛していたが、ギーを愛するような思いを抱いたことはない。何度そう説明してもギーに伝わらないのは、相手が王という絶対的な立場の男で、その点だけはどう足掻いても敵《かな》わないからだ。

「二百年以上も前のことを言われてもな。忘れた……」

「忘れる筈がない。俺達の記憶力は特別だ」

普通の人間は、様々なことを簡単に忘れてしまえるらしい。だからこそ書物にして知識を残しているのだろう。

それに比べて、人狼の記憶力は特別だ。二百年以上前のことも、今朝のことも、ほとんど同じように思い出すことが出来てしまう。

それがいいことだとは言い切れない。悲しみは悲しみのまま、消え去ることなく脳裏に残り続けるからだ。

牧場の外から、勢いよく馬を走らせてくる若者がいる。初代から数えて十代目の従者ベリーだ。

「若様！　城の内偵から手紙です」

このベリーはとても元気がいい。愛嬌のある顔は一族特有のものだが、すばしこさではこれまでのどのベリーよりも勝っている。そこでオーギュストは、鼬《いたち》のベリーと名付けていた。

「何だ、邸に戻ってからでもいいだろう？」

ギーはオーギュストとの散策を邪魔されて、不愉快そうに言う。そうは言っても、ギーは邸で寛《くつろ》ぐというのが苦手だ。寝室にいる以外は、ほとんど戸外か厩舎にいる。その傍らにたいがいオーギュストもいるから、見つけたらどこでもこうして走り寄るのが一番確かだった。

「いいじゃないか。急な伝達かもしれない」

手紙を受け取ると、早速その場で開封した。

オーギュストは自身の配下を、宮中や教会、町場など様々な場所に置いている。彼等は普通の領民生活をしながら、何かあったときにはオーギュストの目や耳の代わりとなって、様々な情報を集めてくれるのだ。

手紙は宮中で従者として働いている者からだった。

「ジェヴォーダン地方で、謎の獣が出没し、人的被害が発生。獣は家畜を襲わず、人ばかり狙うとのこと……狼かとも言われている」

そこでオーギュストは顔を上げ、続きを聞きたくてわくわくしているベリーと、また厄介なことになるのかと眉間に皺を寄せているギー、二人を見比べた。

「余程の飢餓状態でなければ、狼は人を襲わない。魔王クルトーの伝説を、未だに信じてるのか？」

そこでベリーは、申し訳なさそうに口を挟む。

「魔王クルトーって、何ですか？」

「特別な狼だ。狼の群れを引き連れて、パリの街中に侵入して人を喰ったそうだ」

「まさか……若様と同じ人狼なのですか？」

「いや、違う。人狼は間違っても、人は喰わない」

そんな人狼が出てきたら、世界中の人狼が集まって制裁を加えるだろう。

「狼に似た、別の獣かな？　それとも本当に、人の味を覚えた狼だろうか？」

オーギュストはどう思うというように、ギーを見つめた。

「ジェヴォーダン地方っていうのが、気になるな」

ぼそっとギーが答えたのを聞いて、オーギュストの脳内にある男の姿が浮かんだ。

こんなときには、優れた記憶力が嫌になる。ギーも同じだろう。もっとも思い出したくないことを、すぐに思い出してしまうからだ。

「陛下は討伐隊を編成する見込み。隊長にはジャン・ダンヌヴァルが候補となっている……冗談だろ、狼狩り専門などとうそぶいている山師じゃないか」

フランスでは狼は嫌われている。家畜を襲うだけでなく、人も襲うと信じられているからだ。けれど狼の被害として報告されたものが、実は人間の犯行だったという事実を、オーギュストは多数知っていた。

「また罪のない狼が狩られるな」

本当に豊かな国は、狼のいる国だとオーギュストは思う。豊かな森があるというのは、それだけで人々の暮らしが恵まれている証明になるだろう。

森で狩りが出来るなら、狼は縄張りを出て家畜を襲ったりしないものだ。けれど人が森に分け入り、木材にするために木を奪っていく。木は何に使われるのかといえば、戦争に出向く船を大量に作るために、必要になるのだ。

森を枯らして作られた軍艦は、砲撃を受けて海の藻屑《もくず》となる。森の中の倒木のように、自然と腐っ

て新たな土に生まれ変わることもなく、せいぜい魚達の住処《すみか》になるだけだ。

狼達が作り出す森の自然連鎖を崩すのは、いつでも人間だった。

「調べに行くか？」

オーギュストはギーに訊く。今回は強制的に連れて行くとは言い出せない。なぜならギーにとって、ジェヴォーダン地方は攫われた末に育てられた場所だったからだ。

「ギーが嫌なら……」

「相手は正体不明の獣だぞ。一人でなんて行かせられるか」

「よかった。本当は心細かったんだ」

問題は剣の腕ではない。銃も弓矢も完璧に扱えるから、武器の問題でもなかった。つまり狼になったときに、そんなに強そうな謎の獣と、一対一ではとても勝負になりそうにないということだ。

「ダンヌヴァルより先に行かないと、狼達が無駄死にする。急ごう」

オーギュストが手紙を巻いていると、ベリーは不思議そうに訊いてくる。

「あの、こういうときって、若様はやっぱり狼の味方なんですか？」

「当たり前だ。狼は自然の秩序によって支配されている。人間は、自分達で勝手に作った秩序で行動するんだ。人狼に与えられた役割は……人間達にその自然の秩序を思い出させることだ」

分かったようにベリーには説明しているが、実はオーギュスト自身にも、なぜ自分達のようなものがこの世界にいるのかよく分かっていなかった。

「ジェ、ジェヴォーダンって、南ですよね。暖かいでしょうか？」

ベリーはわくわくしている。そういえばこのベリーは、まだ一度も遠方への旅に同行させたことがなかった。

初代のベリーは、生まれたばかりのオーギュストのお守り役として、五歳から側にいてくれた。そのおかげで、何も話さなくてもオーギュストの考えを素早く読み取ってくれた。

次代のベリーも、叔父であったベリーからいろいろと聞いていたのだろう。オーギュスト達のことをよく分かっていてくれて、あまり煩わされることはなかった。

けれど代が下がるごとに、ベリーの扱いも難しくなってきた。何しろ最初から、仕える相手は人狼という特別な存在であることを教え込まなければいけない。ようやく何もかも覚えて、命じなくても役立つ頃には、次代にベリー役を受け渡さなければいけなくなってしまうのだ。

この頃は、オーギュストも多数の内偵を雇っている。さらにギーは、自分の親族を牧場に招き入れて、仕事を手伝わせていた。人手を上手く回すことで、仕事は支障なくやっていけたし、さらに日常のことは、ギーがすべてさっさとやってしまうから、ベリーの出番はどんどんなくなっている。

「ジェヴォーダンは山裾の静かな村だ。南だからって、別にそんなに暖かくはない」

ギーはぼそっと呟く。眉間に皺が寄ってきたから、内心ベリーを連れて行くことには反対なんだなと、オーギュストは読み取った。

確かにギーがいれば、オーギュストは別に暮らしに困らない。狩人であり、調理人でもあるギーは、いつだってオーギュストに最上の食事を提供してくれた。着替えや湯浴みの世話も、すべてギーがやってくれる。オーギュストは子供のように、じっと待っていればいいだけだ。

いつからそうなったのだろう。気が付けば、自然とそうなっていた。どうやらギーは、たとえベリーでも自分以外の者がオーギュストに触れるのが嫌らしい。ギーはオーギュストのすべてを独占したいのだ。

番とはそういうものなのだろうか。強固な結びつきだというのは分かっているが、ギーの場合どんどん独占欲が増しているように感じる。

「邸に戻って、支度をしよう。どうやら……簡単には終わりそうにないからな」

ジェヴォーダンに行ったら、ギーは嫌なことばかり思い出してしまうだろうか。

馬を扱わせたのがよかったのか、以前よりずっと獣性は減っている。本を好きなだけ読ませたのもいい結果に繋がった。ギーは元来無口だから、人前では滅多に話さないせいで、誰もギーがそんな博識だとは知らない。威圧感のある外見で、未だに獣のように恐れられているばかりだ。

邸の狩猟小屋には、銃器がずらりと並んでいる。オーギュストは戦う貴族の家系だ。見かけの優雅さとは裏腹に、戦いに対する情熱はかなりあるので、最新式の武器には目がないのだ。

「クロスボウと銃もいるだろう。弾は何発ぐらい必要かな？」

次々と武器を手にして、オーギュストはギーに見せる。

けれどギーは、自分の強さをよく知っているから、武器にはあまり頼らない。興味なさそうに、壁に取り付けられた銃器を見ているだけだ。

「本当に狼だったら、そんな武器は必要ないだろ。脅せば、山奥に退く」

ギーの言うとおりだ。狼だったら人狼に敬意を払い、去れと命じれば縄張りを移動する。中には抵抗するものもいるが、ギーが一嚙みすればたいがいすぐに退却した。ギーは続けて言う。

「だが狼の筈がない。人間だけ狙うのはおかしい。今は飢餓のときでもないし、ジェヴォーダン地方なら家畜も豊富だ」

「そうだな。では……こんな武器でも、役立たない化け物ってことか？」

「そんなものはいない。我々以上の魔物なんて、いる筈がない。もしいるとしても、夜しか歩かない、血を吸うやつらだけだ」

「じゃあ、ギーは何だと思ってるんだ？」

そこでギーは押し黙る。ギーには何か、思っていることがあるようだ。

「ギーにも分からないのか？　魔物じゃなければ、武器は有効だ。ともかく持っていくさ」

クロスボウの矢と銃弾を、大量に用意した。けれど普通の獣なら、こんな重装備がなくても、ギーの一嚙みで片付いてしまう。

「どうしたんだ、ギー？　着替えの用意をしろよ」

「……今回は、オーギュ、俺一人で行かせてくれないか？」

「はっ？　何を言ってるんだ？　ジェヴォーダン地方だからって、もうおまえの知り合いなんてどこにもいないさ」

「いや、そうとも限らない。これは……もしかしたら、俺をおびき寄せるための罠《わな》かもしれない」

そこでオーギュストは大きく首を横に振って笑い出した。

「いいか、ギー。あれから二百年以上過ぎてる。誰がおまえのことを覚えてるっていうんだ。失礼な言い方だが、ヒドラはほとんどが字が読めない。おまえのことを、書き記す術《すべ》も持たないんだぞ」

「頭は字が読めた。書くことも出来たんだ」

オーギュストの脳裏に、いたぶられていた頭の姿が蘇《よみがえ》る。あの場では、生き延びられたことを感謝していたが、その後はどうだろう。少なくとも自分が生きている間は、オーギュストに刃向かうような真似はしないと誓っても、その先まで頭は責任なんて持たない。

ギーはああいった場合、殺すべきだと言っていた。けれどオーギュストは、情けを掛けて助けてしまったが、それが今頃になってまた再燃したというのか。

「ありえない……」

「ありえるさ。フランソワ一世はオーギュを愛していたから、秘密を守ってくれた。だが頭達には、俺の秘密を守る必要なんてない。俺の血が、幾らで売れたか知ってるか？　ほんの一滴が、駿馬《しゅんめ》一頭分で売れたんだ」

「全身の血で、軍隊が雇えそうだな」

オーギュストは冗談のように言ったが、そこで手が止まった。

人狼が二人、では二個師団が雇えるぐらいの金額が、楽々稼げるということだ。

「オーギュはここに残ってくれ。俺が、どうにかするから」

「馬鹿なこと言うな。俺達は番だぞ。毎日、朝から晩までずっと一緒にいる。出会ってから、片時も離れず一緒にいるじゃないか」

「だからだ、オーギュ。おまえを、永遠に失うようなことはしたくない」

愛されているのはいいが、時折、このギーの思い込みが面倒になる。オーギュストを保護したい、大切に護りたいと思ってくれるのは嬉しいが、オーギュストは戦う貴族の末裔《まつえい》だ。自ら戦って勝っていくことを最上の喜びとする血が、脈々と流れているのだ。

「ギーらしくない。何をそんなに恐れてる？　負け知らずのおまえとも思えない」

「何か、嫌な予感がするんだ」

「では言ってやる。俺も、おまえを永遠に失うようなことはごめんだ。ギー、いいか、おまえは俺が死んだら、心臓を取りだして保管するんだ。その後、自ら心臓を取りだして、俺の後を追うことを許す。それまでは、何があっても死んではいけない」

「オーギュ……」

武器を調達しなければいけないと分かっていても、どうにもならない状態になってきた。大切なときに、愛について語ってはいけないのだ。なのに迂闊《うかつ》にもオーギュストは、情熱の言葉を口にしてしまった。

「俺を危険に巻き込みたくない。その気持ちはよく分かる。だけどギー、俺達は人狼だ。普通の人間とは違う。ギーには、俺達なりの愛し方を教えてきたつもりだが、まだ分かってないのか」

「決してやられることはない。無事に帰るから」

「どうだかな。どんな薬より、俺の精が役立つって知ってるだろ？　俺達は、お互いに相手の命を護ってるんだ」

ギーは苦しげに呻くと、オーギュストを抱き締めてくる。

「だいたいだな、俺と離れて三日もいられないくせに、よく一人で行くなんて言い出せるもんだ。どうかしてる。こんなふうに……抱き締めてくれる相手もいなくなるんだぞ」

「ああ……覚悟している」

「そうか？　その間、俺が王と浮気する心配はしてないのか？　今の国王、ルイ十五世は、かなり好色だからな。俺がベルサイユに行ったら、どうなると思う？」

「オーギュ！」

苛つかせる作戦は、見事に成功した。ギーは一瞬で冷静さを失い、オーギュストに噛みついてくる。

「本をたくさん読んで、ギリシャの哲人にでもなったつもりか？　なのに考えていることは、浅はかなままだ。自分の身を犠牲にして、俺を護るだって？　では、もし俺が一人になったらどうするんだ。伽の相手もなしに、残りの二百年以上を生きろと言うつもりか？」

「ああ……オーギュ……」

「だったら、俺を殺してから行け。おまえになら、殺されてやる」

そこでオーギュストは、乱暴に着ているものを脱ぎ始める。ギーは裸になったオーギュストを前にして、従順な子羊のようにはしていられない。すぐに獣に戻ってしまう。

「噛み殺せよ、ギー。おまえがヒドラ達と戦うために俺が邪魔だというなら、さっさと殺していけ」

「殺せるものなら、とっくに殺している。殺してしまえば、おまえは永遠に俺だけのものだ」

「そうしろよ。さぁ、牙をたてるがいいさ」

オーギュストは美しい首筋をギーに示す。そこにギーは遠慮なく、深々と牙を押し当ててきた。

「あっ……ああ……」

性器で貫かれる以上の快感が、噛まれることによって得られる。普段は隠されている牙が、性的に興奮すると出てきて、相手の体に突き刺さるのだ。

「うっ……ううう」

オーギュストの体から力が抜けていった。そしてオーギュストは、狼になったギーに食べられている幻想に酔う。

「あああ……ギー、俺を食べてしまえばいい。みんな……飲み込んで……しまえばいい」

粗末な狩猟小屋の床に、オーギュストの白い裸体が転がっていく。ギーは獣のように吠えながら、着ているものを引き裂いて、オーギュストの上にのしかかっていた。

「おまえ以上の獣なんて、この世界にはいないんだ……ギー……だから、負けるなんてことはない。

恐れるな……おまえが、最強の獣だ」

「そうだ……俺が最強だ」

「そうだよ、ギー。俺の愛しい獣……」

オーギュストもギーの浅黒い体に歯を立てる。すると射精したかのような快感が、全身に押し寄せてきた。

ギーは体をずらしていって、オーギュストの性器を舐め始める。その合間に、甘く太股を噛んだ。

「ああ、最高だ、ギー……。俺から、この喜びを奪わないでくれ」

目を閉じて、オーギュストは快楽の波に全身を委ねる。

欲深い体だ。どんなに愛されても、それで終わるということがない。老いることを知らない体だから、欲望にも終わりはないのだろう。

「ギーだって、俺が欲しいだろ？　まだ離れたことがないから、その辛さが想像も出来ないんだ」

オーギュストはギーに出会うまでの二十五年間を思い出す。人狼としては、独り身が決して長いほうではない。それでもオーギュストは耐えがたいほど孤独に感じ、魂の飢えに悩まされた。

こうして番と生きる喜びを知った今、離れて暮らすなど考えることも出来ない。

「あっああっ……」

ギーの中に、オーギュストの喜びの印が飲み込まれていく。それに続いて、ギーのものがオーギュストの中に侵入してきた。

「んっ……んん、そうだ、分かるだろ。これが出来なくなるんだ。満月の夜に独りだなんて、考えられない」

月が満ちてくると、欲望も高まる。満月を挟んで数日間の夜は、ほとんど眠らずに体を繋げていた。そんな濃密な関係を二百年以上続けてきたのに、たった数日でも離れるなんて不可能だ。

「ギー、死ぬなら一緒に死のう……俺を独りにするな」

「ああ……オーギュ、絶対に、独りでは死なせない……俺が、どこまでも護るから」

何百回と繰り返された、愛の誓約の言葉だ。オーギュストはギーが裏切ると思ったことはない。だからこそ今回、一人で行くと言われて驚いたのだ。

「一人でなんて行かせない。ギー、死ぬなら……俺を殺してからだ……」

「分かった。分かったから……」

互いの命まで、縛り合う番などいるのだろうか。他の番が、どうやって暮らしているのか、オーギュストは知らない。もしかしたら自分達は特別なのかと、このときオーギュストは初めて疑問に思った。

「若様、手伝うことがありますか？」

ギーの腕の中でうとうとしていたオーギュストは、ベリーの声に目を開く。見るとベリーは、頬を紅潮させた嬉しげな様子で、背中には大きな荷物を背負っていた。

「あっ、すいません。気が利かなくて。そうですよね……旅に出ると、いろいろとご不自由でしょうから、それは、今のうちにって」

オーギュスト達に背を向けながら、ベリーは照れているのか一気にまくし立てる。

「おまえは連れていけない。足手まといだ」

ゆっくりと起き上がり、衣服を身に纏いながらギーは冷たく言う。

「えっ？　そ、そんな、魔物退治ですよ。少しでも、お役に立てればと思っておりますが」

「生身のおまえに、魔物の相手は無理だ」

それを見ていたオーギュストは、ベリーが気の毒に思えてしまった。初代のベリーだったら、オーギュストはどんな危険な場所にでも同行させた。あの頃のオーギュストにとって、ベリーはギーのように大切な仲間だったのだ。

やっとオーギュストの従者になれて張り切っているのに、今のベリーは重用されていない。今度こそはと張り切っているのに、連れて行かないと言われては可哀相だ。

「大丈夫だよ、ギー。俺がベリーも護る。ベリー、着替えの用意してくれ。自分達でやるつもりが、気が付いたらこの様だ」

オーギュストも起き上がり、ベリーを喜ばせることを言う。するとすぐにギーが反論してきた。

「生身のひよっこなんて連れていけるか。相手は正体も分からない獣だぞ」

「旅は数日かかる。その間、いろんな面倒なこともあるさ」

「面倒なら俺がいる。オーギュスト、おまえだけなら護れるが、そいつまでは護れない」

「ベリーだって、自分の身は自分で守れる。ベリー、銃を一つ持っていけ。着火装置は二十発まで使える、フリント・ロックの最新式だ。銃弾も忘れるな」

火縄式の旧式銃に比べて、着火率がいいという宣伝文句だったが、使いこなすにはやはり技術がいる。ベリーには的に当てるだけでも一苦労だろうが、持たせておけば自信になるだろう。

「オーギュ、そういう中途半端な人道主義はやめろ」

「どうして？　ベリーはジャルジェ家の従者だ。主を護るために、死ぬ覚悟だってある。そうだろ？」

ベリーに問い質すと、慌ててベリーは大きく頷く。

「自分用のパンとチーズぐらい持ってきただろ？」

「はい。用意しました」

「俺達は、おまえの食事まで気を付けてやれない。自分で獲物は狩るんだ。いいな」

「は、はいっ」

そこでベリーは、急いで邸に入っていく。二人の着替えを、荷物としてまとめるためだ。

「あんなひよっこが魔物に殺されそうになっても、俺は別に助けない。やつを助けるためにおまえが危ない目に遭うくらいなら、場合によってはやつを殺す。それでもいいな？」

「そんな残酷なことを言うな。あれで何かの役に立つこともあるさ」

ギーの独占欲が、こんなときには煩わしい。オーギュストだってベリーが足手まといになりそうだというのは分かっているが、従者を連れて行くのは当たり前のことだと思っていた。

人狼になっても、変身以前の生活の影響を大きく受けるものらしい。オーギュストは未だに、意識は男爵家の若君のままだ。ギーは捕らえられた後、ずっとこき使われていたのだろう。そのせいでか、ともかくじっとしていられない。何もかも自分でやらないと気が済まないのだ。

やはり荷造りも自分でしたいようだ。ギーは足音も荒々しく、邸へと戻っていった。

「そりゃ、二人のほうが楽だけど、もし二人ともやられたらどうするんだ。魔物に喰われてしまう前に、ベリーに俺達の心臓を確保して貰わないといけないじゃないか」

万が一にも、そんなことにはならないという自信はあるが、それでも用心に越したことはない。

「どんな魔物なんだか……大げさに騒いでいるだけならいいが」

天才レオナルド・ダ・ヴィンチは、科学が迷信を払拭していくと説いていた。けれどそのレオナルドにしても、人狼のことは科学的説明では解決出来ないと知っていたのだ。

オーギュストは二百五十年以上生きてきて、自分達人狼以上に、謎めいた存在はいないと確信していた。だからこの魔物騒動は、人間が作り上げたものだと疑っている。

「では、何のためにそんなことをするんだ。ギーの思っているとおり、俺達を狩るためだったら、さっさと解決しないと、また犠牲者が増えるのは許せない」

貴族の若様意識が抜けないがゆえに、オーギュストは民に対しては優しい。自分の領地の人間でなくても、庶民が困っているとなると正義感に駆られた。

王や貴族は、安全な場所にいながら戦を始め、民兵の命を犠牲にして勝敗を決める。どう説得しようとも、権力者が戦をやめることはないから、オーギュストはすでに諦めていた。たくさんの命は救えないが、せめて救える者だけでも助けたい。

「おっと、もう夜になってきた」

狩猟小屋を出ると、戸外はすっかり陽も暮れていた。

「発情すると見境なし……人狼の欠点はそこだな」

邸内では、ベリーの父親である先代のベリーとその妻が、オーギュストの荷造りを手伝っていた。

初代のベリーは独身だったが、それ以降のベリーは皆結婚している。そして自分の息子を、次代のベリーにすることを誇りに思っていた。

ギーがベリーを嫌うのは、実はそんなところにあるのかもしれない。親子の再会を果たしたのに、結局ギーは名乗らなかった。だからギーは、親子というものをよく知らないままだ。生まれたときからこの邸で、両親の元で育ったベリーに、ギーは嫉妬しているのではないだろうか。

ギーの両親が亡くなり、兄弟達がギーの倍の年齢になった頃、ヒドラ達への迫害が大きくなり、借りていた土地を彼等は追われた。そのときにオーギュストは、牧場の一画に彼等を住まわせると約束して、身内をすべて引き取ったのだ。

だが引き取ったのが遅かったのかもしれない。何しろ兄弟が、ギーの父親のような年齢になってしまっている。全く歳を取らないギーの様子を見て、彼等はもう兄弟として接することはなく、ギーに対して畏怖の念を込めて、生き神のように扱っていた。

オーギュストだって同じようなものだ。本宅に住むジャルジェ男爵は、何年も姿を変えず別邸に住み続けるオーギュストのことを恐れて近づいては来ない。けれど重要な決定事項は、必ずお伺いを立ててきた。本来の領主であるオーギュストの機嫌を損ねたら、恐ろしいことになるとでも思われているのだろうか。

家族と呼べる者はもういない。二人にとって、お互いだけが大切な存在になった。

「若様、魔物退治ですか？　どうか、お気を付けて。無事にお帰りになられることを、祈っております」

先代のベリー夫婦は、十字架を手にして祈り始めた。

「心配しなくていい。どうせ誰かが、飼い慣らした狼を使って、悪さをしているだけだ」

安心させるように言うと、オーギュストはベリーに命じる。

「馬を用意しろ。すぐに立つ」

夜でも人狼には関係ない。ものは見えるし、獣や夜盗に怯える心配はないからだ。

「馬でしたら、ギー様が」

「そうか……そうだな。結局、俺がしたのは武器の準備だけか」

いつまでたっても、甘やかされた若様だ。けれどオーギュストには、別の一面もある。見かけよりずっと腕が立ち、勇気のある戦う男の顔だ。

「ジェヴォーダンの獣を名乗っていいのは、ギーだけだ。俺が負けると思う相手は、ギーだけさ。偽物のジェヴォーダンの獣になんて、負けるもんか」

王が派遣する討伐隊がジェヴォーダン地方に到着するまで、まだ間があるだろう。その前に出向いて、何もかも片付けてしまいたい。オーギュストの気持ちはすでに、魔物のいる里に飛んでいた。

旅は思ったより日にちが掛かった。やはり生身のベリーを同行しているのと、馬も休ませなければいけなかったからだ。

狼になって二人で走り続ければ、恐らく半分の時間で行けただろう。けれどそれでは武器を運べない。狼のままで何日も過ごすのは、あまりいいことでもなかった。

「思ったより、何もない田舎なんですね」

やっとジェヴォーダン地方に辿り着いたが、真っ先にベリーが口にしたのはそんな言葉だ。牧草地が広がっていて、これなら人間の数より、はるかに羊の数のほうが多いだろう。

村の中心部には、教会と宿屋がある。宿屋は居酒屋も兼ねていた。こういった場所に立ち寄れば、必要な情報はたいがい手に入る。そう思って入ろうとしたら、入り口に一歩踏み込んだ途端に、店主が前に立ちはだかった。

「ヒドラはお断りだ」

「私の供なのだが」

オーギュストが貴族らしく優雅に言っても、店主は首を横に振る。

「旦那、悪いがヒドラと狼はお断りですよ」

店主はオーギュストのことを知っていて、狼と口にしたわけではないだろう。この地では、狼とヒドラ、その両方が嫌われているというわけだ。けれどベリーは、知られてしまったのかとびくびくぞくぞくしている。

「そうか、では今宵のワインは諦めるが、教えてくれないか？　ここにいる者で、ジェヴォーダンの獣を見た者はいるだろうか」

するとそれまでざわついていた店内が、一瞬で静まりかえった。誰も何も話そうとしない。その名前を一言でも口にしたら、自分達に呪いが降りかかるとでも思っているのだろうか。

「私は、王の密偵だ。有効な情報を提供してくれた者には、それなりの褒賞を約束する。村外れで野営をしているから、遠慮せずに来てくれ。歓迎する……」

オーギュストはマントを翻し、大仰に挨拶すると宿屋を出た。

「ヒドラと狼はお断りか」

ギーは苦笑している。ここは怒るべきところだろうが、そんな気にもなれないらしい。

オーギュストが生まれた頃ヨーロッパにやってきたという流浪の民は、今では差別され、各所で排斥されている。どうやらこののどかな牧草地帯も同じらしい。

「ベリー、残念だったな。この辺りは安物ワインの産地なんだが、飲ませてくれる気がないらしい」

「それはいいです。一瞬、ばれているんじゃないかとひやっとしました」

「あんな喩《たと》えにされるほど、この地域じゃ狼は嫌われているようだ。無理もないな。羊や山羊《やぎ》は、彼等にとっては生きていく糧だから」

宿屋を離れると、オーギュストは馬を下りて背後を振り返る。

「いいか、ベリー。俺達に密告してくるような親切なやつはいないだろうが、この事件の黒幕に通報する律儀なやつはいる。俺が今から、そいつの後を付けるから、町外れで火を熾《おこ》して野営をしていろ。誰かが来たら、俺は狩りに言っていると言え……」

「は、はい。あの、ギー様は？」

ベリーもやはり一人では不安らしい。オーギュストは急いで服を脱ぎながら、笑顔で言った。

「安心しろ。ギーの姿では目立ちすぎるから置いていく。俺は、犬か狐にしか見えないから、大丈夫なのさ」

大きな狼だったら、領民にも狙われる。けれど犬か狐だと思われれば、とりあえずいきなり襲撃される心配はない。

オーギュストは変身すると、再び宿屋に向かって戻っていった。

王の密偵が来て、ジェヴォーダンの獣のことを調べているようだと、早速報告に向かいたい誰かがいる筈だ。オーギュストの読みどおり、しばらくすると宿屋から一人の男が出てきて、裏に繋いでいた馬を引き出し始めた。

こんなときに宿屋を出て行くのは不自然だ。なぜなら今からがメイン料理の出る時間だったからだ。ここで食べなかったら、もう次はない。宿泊する客なら、料理を前に出て行く筈がないし、酒を飲みに来ている客でも、料理の一皿は食べたいものだ。ほんの一杯引っかけただけで、席を立つなんて野暮なことをするのは、余程の用がある者だけだ。

男は急いではいるが、辺りを警戒している様子だった。明らかに、オーギュスト達が去った方を注視している。

(敵がヒドラなら、必ず密偵をあの宿屋に送り込んでいる筈だ。ヒドラに見えない地味な男、あの男で間違いないだろう。やつらは俺達が罠に引っかかるのを待っている。都から綺麗な男と、どう見てもヒドラにしか見えない男が来たとなったら……そうだよな、まずは報告だ)

男が馬で走り出した後を、オーギュストも付いて走り出した。

(本当に俺達をおびき寄せるための罠なら、犠牲になった人達が気の毒だ……。こんな静かな田舎の村だ、何事もなく一生を終えられただろうに)

何事もなく一生を終えるというのは、この時代最高に幸せなことだった。生まれても、大人になるまで生きられるか分からない。うまく大人になっても、流行病や戦、盗賊や獣の襲撃などが命を奪う。老いて死ぬというのは、実は大変なことだったのだ。

(同じ死ぬなら、粗末でも家の寝台がいいだろう。魔物に襲われて死にたいやつなんていない)

男は人間と馬には警戒しているようだが、狼となったオーギュストのことは全く気にしていない。そのおかげで、楽々ヒドラの宿営地にまでやってきてしまった。

(何かがいる……確かに、獣はいるみたいだ)

異様な臭いがするのは、どうやら幌を被せた荷台の中からのようだ。

それを見ると、オーギュストはかつてギーが囚われていた檻のことを思い出す。ギーをここに連れてこなくてよかった。きっと怒りのあまり、我を忘れて荷台に襲いかかるだろう。

風下で用心していたが、獣はオーギュストの存在に気が付いたようだ。幌を被せた荷台の中から、これまでオーギュストが聞いたことのない、すさまじい咆哮が聞こえてきた。

（何だ？　どんな獣なんだ？）

この辺りで最大の肉食獣は狼だ。オーギュストは国内の狼の分布状況なら、ほとんど把握している。狼の体躯についても、よく知っていた。

ギー以上の体を持つ狼はいない。では、あんな雄叫《おたけ》びをあげる獣とは何だろう。

（熊かな？　ヒドラは熊を調教して見せ物にしているというから）

熊は肉も食べるから、人を襲うことも可能だろう。同じように雑食の猪より頭はよく、飼い慣らすことも可能だ。

（他の獣のことを、あまり知らないのは弱点だな。狼は森の帝王だから、天敵がいなかったせいだ）

北方の狼は、巨大な熊と戦うこともあるという。オーギュストはそういった獣らしい経験がほとんどなかった。

（あれは……）

ギーはかなり背が高いが、それよりも身長があり、全身の筋肉が岩のように固そうな男がいた。男の肌は漆黒に近い色で、体には焚き火の灯りだけでもはっきり分かる、大きな傷跡が無数にある。上半身は裸で、その腰には束ねた長い鞭が提げられていた。

（猛獣使いだ）

先代のルイ十四世は、ことのほか華やかなことが好きだった。それであるとき、ベルサイユの一画に巨大な鳥籠のようなものを作らせ、その中で獣達のショーをやらせたのだ。

貴婦人達を喜ばせる、猫や犬、鸚鵡《おうむ》のショーは楽しかった。その次に熊が登場し、その従順さに驚いたものだ。

（まさか……）

あのとき、最後に登場したのは、南の国から来たという虎だった。幼少時に捕獲され、一日のほとんどを檻に閉じこめられている獣は、近くでみるとぼろぼろで、オーギュストは脅威を感じなかった。けれど観客のほとんどは、猛獣使いの鞭捌きに感嘆の声を上げていた。

（何だ、見せ物の獣か。虎なんて見たことがないから、そりゃ魔物に思えるだろうさ）

オーギュストは拍子抜けした。自分達をおびき寄せるためにやったとしたら、ずいぶんと稚拙な手を使ったものだと思ったのだ。

（見せ物の虎を退治するのに、罪のない狼が巻き添えになるのは迷惑だ。明日には片付けてやるさ）

戻ろうとしたオーギュストは、嗅ぎ馴れた臭いに足を止める。

（ギー？）

ベリーと共に待機していろと命じた筈だ。なのにギーは、オーギュストの命令を無視して、後を付いてきたらしい。

（そうか、俺の匂いを辿ってくれば、敵に警戒されず楽々見つけられるものな）

せっかく長旅をしてここまできたのに、相手が見せ物の獣ではギーもがっかりするだろう。そう思っていたが違っていた。

近づいてきたギーは歯を剝き出し、低く唸っている。するとその唸り声に呼応するかのように、獣も咆哮していた。

（あんなものは虚勢だ。本物は、くたびれた大きな猫さ）

狼になると言葉を話せないのが不便だ。かといってここで人に戻っても、裸のままでは逆に無防備すぎるので戻れない。

獣の咆哮で何かを察したのだろうか。一台の幌馬車から、男が出てくる。その顔を見て、オーギュストの記憶は瞬時にあの日に戻った。

（頭にそっくりだ……）

オーギュストが助けてやった、頭の子孫なのははっきりしている。同じようにギーも、驚いているだろう。

（ギー、落ち着け。余計なことを思い出すな。冷静に、冷静になってくれよ）

ギーに身をすり寄せ、何とか安心させようとした。だが伝わってくるのは、ふつふつと湧き上がる熱気ばかりだ。やはり昔のことを思い出し、怒っているのだ。

『獣達が、都からやってきたぞ！　油断するな、もうその辺りに隠れているかもしれない』

新しい頭は、そこにオーギュスト達がいるのを知っているかのように、松明《たいまつ》を手にして叫び出す。

『いいか、殺すな。先に弱いほうを生け捕りにしろ。そいつがいれば、獣も手が出せない』

頭の声に、オーギュストはふんっと鼻を鳴らした。

（おいおい、ずいぶんと舐められたもんだな。俺を捕まえて人質にすれば、簡単にギーも捕まえられるってことか？）

ギーは笑っていない。どうしても檻の中の獣が気になるらしい。

（それじゃ、一暴れして、大きな猫ちゃんを誘《おび》き出すとするか）

獣か猛獣使い、どちらかに深傷を負わせればそれで彼等も諦めるだろう。そう楽観したオーギュストは、前に飛び出していく。

以前とは違う。ヒドラ達も銃を持っていた。あるいは銃には、銀の弾丸が仕込まれているのかもしれない。けれど心臓を狙って引き金を引いたら、殺してしまう。そう思っているのか、ちょこまかと動き回るオーギュストを撃つ者はいなかった。

『出たぞ、ジェヴォーダンの獣だっ！』

頭が、同じように飛び出したギーを示して叫んでいる。

やはりギーの読んだとおり、彼等は本物のジェヴォーダンの獣を捕らえに来たのだ。

『生け捕りにしろ』

けれどそう簡単には捕まらない。ギーは本物の最強の獣だ。ただ力が強いだけでなく、彼等とは比べものにならない、高い知性を持っている。あっという間にヒドラ達は、傷を負わされて倒れていく。

するとついに猛獣使いが動き出した。荷台に積まれた檻の扉が開かれたのだ。

（まさか、また新たに人狼を捕まえてきたなんてことはないよな）

同族だったら戦えない。人狼にとっての最大の禁忌は、同族殺しだからだ。

（えっ……あれは何だ？）

だがその心配はなかった。檻から放たれたのは、オーギュストがこれまで見たこともない、異様な姿の獣だったからだ。

（獅子《しし》なのか？　それにしては……）

巨大な獣の正体は獅子だった。虎どころか、フランスでは滅多に見られない獅子だ。この辺りの住民では、誰も見たことなどないに違いない。遭遇してしまったが生き延びた人間は、その姿をジェヴォーダンの魔物と呼ぶだろう。

けれどその体には、異様な甲冑《かっちゅう》が着せられていた。馬には甲冑を着せるから、獅子用の甲冑だって作れるが、重要なのはあの獰猛《どうもう》な獣が、よく大人しく着させたということだ。

猛獣使いは鞭を振り下ろし、甲冑の獅子にギーを狙えと示している。

背中と首の回りを、しっかり甲冑が覆っていた。こうなると攻撃がしづらい。噛もうにも、噛みつく場所がないのだ。

虎と同類ならば、獅子は本来瞬発力に優れた獣の筈だ。けれど甲冑が重いせいか、獅子の動きはゆったりしている。普通の人間だったら、楽に襲えるだろうが、狼相手では難しい。

互いに攻撃しかねて、ウーウー唸りながらのにらみ合いになった。獅子は時折前足を出して、ギーをその爪で倒そうとするが、素早く後ろに下がられて空振りしている。

ギーもその前足に齧《かじ》り付きたいだろうが、甲冑が邪魔して狙える場所は限られていた。

獣同士がにらみ合いをしている間、オーギュストはヒドラ達が邪魔しないようにと彼等を攻撃するが、こんなときは本当は人間に戻りたい。剣があれば、オーギュストは誰よりも強いのだ。

(珍しいな。ギーが手を焼いている)

獅子は額から鼻先まで、甲冑で護られていた。ギーが得意の、鼻先に嚙みつく攻撃もこれではできない。逆に下手に近づいたら、鋭い爪で引っかかれてしまう。

(獅子も巨大な猫なのか？　俺達には、あんな爪はないからな)

何か突破口はないかと、ギーも焦ったのだろう。獅子に飛びかかられたのを避けた拍子に、思い切り高く飛んで獅子の背中に着地していた。

その瞬間、ギーはギャンッと叫んで、地面に転がり落ちていた。これまでオーギュストが聞いたことのない声をあげている。慌ててギーの側に駆け寄ると、獅子は大きな口を開いて、ギーの後ろ足に嚙みついていた。

途端にまた悲鳴があがり、オーギュストは嗅ぎ馴れない肉の焼けるような臭いを感じた。

（まさか……牙に銀を……）

すぐに獅子を離さないと、足を食い千切られてしまう。オーギュストが飛びかかろうとしたら、ギーが必死になって吠えて止めていた。

次の瞬間、信じられないことが起こった。獅子の口元に銃弾が撃ち込まれたのだ。見るとベリーが、震えながら銃を構えていた。

獅子は大きく吠えて口を開き、ギーを離した。その隙にオーギュストはギーに近づいて、一瞬で人の姿に戻っていた。

「ベリー、剣だ。寄越せ」

「は、はいっ」

ベリーは急いで剣を投げてくる。オーギュストは受け取ると、鞘から一気に引き抜いて、僅《わず》かに覗いている獅子の鼻先を刺した。

「裸ってのは不利だが……爪がないもんでね。これで代用だ」

刺されたのが痛かったのか、獅子は前足を上げてフーフー唸っている。その口元を見ると、オーギュストの予想どおり牙にはすべて銀が被せてあった。

「ギー、歩けるか？　這ってでもいいから、ベリーのところに。少し行けば馬がいる」

ベリーは弾込めをしたのか、再び獅子を狙って撃った。ところが今度は狙いが外れ、馬車の幌に穴を開けていた。どうやらさっきのは、必死になったためのまぐれだったらしい。

「ベリー、ギーを運べ。残念だが、今夜は退却だ」

迂闊だった。相手はかなり人狼のことを研究していて、ぬかりなく策を練ってきている。甘く考えていた自分の短慮を、オーギュストは恥じた。

彼等は、ベリーに向けては遠慮なく銃を撃ってくる。オーギュストは瞬時にまた狼に戻って、彼等の腕や喉元に噛みついて攻撃を阻止した。

ギーとベリーを逃がすことで頭がいっぱいだった。気が付くと猛獣使いの鞭が、オーギュストの足を払っていた。そして倒れたところで、いきなり上から網を掛けられた。

オーギュストはじっとして、動けないふりをする。するとその姿に安心したのか、頭が猛獣使いと共に近づいてきた。

『見たか？　あんな簡単に人間になれるもんなんだな。人間になると、綺麗ないい男なのに、狼になると痩せすぎて狐みたいだ』

自分でも気にしていることを言われて、余計なお世話だと言いたくなってくる。

『一匹でもいいから、さっさと捕まえろ。こいつを生け捕りにしておけば、獣も戻ってくる』

猛獣使いが網を摑もうとした瞬間、オーギュストは人の姿に戻り、猛獣使いが携帯していた短刀を抜き取って、網を素早く切り開いた。そしてまた瞬時に狼に戻り、急いでその場から逃げ出す。

今度は投げ出していた剣のところに戻り、人の姿に戻って剣を鞘に戻すと、瞬く間に狼に戻って剣を咥え、ベリーの馬の後を追って走り出した。

変わり身のあまりの速さに、彼等も呆然としている。他の人狼が変身にどれだけ時間がかかるのか知らないが、もしかしてオーギュストは特別速いのではないだろうか。少なくても、ギーよりかなり速いのは確かだ。

頭が今頃になって、捕まえろと叫んでいる。だが狼となって走ったら、もう人の足では追いつけない。獅子が追ってくる様子はなかった。あんな重たい甲冑を着せられていたら、猛獣使いの命令でも馬に乗ったベリーを追うなどしないだろう。

（追ってくる様子はないな。よかった）

彼等が馬に乗って追跡を開始するまで間がある。その間にオーギュストは、自分の匂いを消すためにわざと小川の中を走った。これなら彼等が猟犬を連れていても、追ってくるのは不可能だ。

（あれから二百年以上か？　助けてやった頭は、確かに俺達に近づかなかったが、子孫はとんでもないやつじゃないか。獅子を完全武装させるなんて、誰が考えつく）

オーギュストは悔しくてたまらない。何より腹立たしいのは、これまで無敗だったギーに、傷をつけてしまったことだった。

野営地にしたのは、洞窟のある石切場跡だった。毛布を敷き、そこにギーを寝かせる。獅子の背に乗っただけなのに、甲冑が銀製だったからだろう。ギーの手足は、火傷のように爛れていた。さらには噛まれたところも、同じように酷い有様になっている。

普通の傷なら、半日もすればほとんど綺麗に治ってしまう。だが銀毒による傷は、そう簡単には癒えないのだ。

「くそっ！　銀製の鎧《よろい》を獣に着せるなんて考えもしなかった！」

余程悔しかったのだろう。ギーは痛みに呻く合間に、悔しげに何度も同じ言葉を口にする。オーギュストはベリーに命じた。

「湧き水がある。綺麗な水を汲《く》んできてくれ」

ベリーはあるだけの革袋を手にして、湧き水のところに走っていく。

「ひよっこに助けられるとはな。情けない」

「うん、あれは意外だった。ベリー史上、最高の活躍だよ」

噛まれた跡が酷くなっている。そのせいで熱も上がっているのか、ギーの息はどんどん荒くなっていた。

「ギー、すまない、ヒドラを甘く見ていた罰だ。あのとき情けを掛けたのに、こんな形で復讐《ふくしゅう》されるなんて思わなかった」

「しょうがないさ。ヒドラに対する差別は、年々酷くなっている。暮らしにくくなっているから、やつらもとんでもないことを考えるようになるんだ」

意外にもギーは、こんな怪我をさせられながらも、彼等のことを擁護するような口ぶりだった。オーギュストの邸で、何不自由なく暮らしているように見えるが、やはりギーもその特徴ある外見から、様々な差別を経験しているのだろう。

「俺達二人を捕らえて飼えば、やつらは大金持ちだ。だが、オーギュに虜囚なんてさせられない。俺は……力に自信があったから、何も考えずに飛び出して、結局足手まといになっちまった」

「ギー、無理に話すな。今、最高の薬をあげるから」

「無理だ……こんなところで」

「こんなところ？　どんなところだって、ギーがいれば同じだ。よく狩りの合間に、森の中でやっただろ。あれと同じさ」

ベリーが水を持ってやってくる。そして訊いてきた。

「火を熾しますか？」

「いや……煙はまずい。それとベリー、今から、あまり見られたくない方法で、ギーの手当をする。すまないが外で見張っていてくれないか？」

「は、はい。では、銃を持っていっていいですか？」

「構わないが、本当に敵が来るまで撃つな。音で居場所を知られると、今はまずい」

急いで銀毒の手当をしないと、毒が体に染み込んで弱らせてしまう。こんな場所に踏み込まれたら、さすがにオーギュストも危なかった。

「俺達の敗因は、負けを知らなかったことさ」

譫言《うわごと》のように、ギーは呟く。まさにそのとおりだ。この世界に敵はいないと思っていたが、それは自惚《うぬぼ》れ以外の何ものでもなかったようだ。

「人間には知恵がある。やつらは賢くなったんだ……」

「そうだな。ギーが囚われていた頃のヒドラとは、違ってるのかもしれない。だけど、相変わらず黒い幌だ。暗殺集団なのは変わらないらしい」

「それしか……ないのさ。彼等は一つの土地に居着けない。明日のことも考えない。今しかないから、学ぼうともしない。だから親のしてきたことを、そのまま継続するしかないんだ」

いつも無口なギーにしてはよく喋る。銀毒のせいで、人が高熱でうなされるのと同じような状態になっているようだ。

「今の頭は、ヒドラの中でも賢いやつだ。字が読めるんだろう。だから読んだんだ。曾爺《ひい》さんだか、曾曾爺さんだか知らないが、俺を攫ったあの頭の残したものを、読んで考えたんだ」

「そうだな……」

綺麗な水で傷口を洗った。そしてオーギュストは、着ているものをすべて脱ぎ捨て、ギーに体をすり付けるようにして横たわった。

「今日は一日中、ほとんど裸でいた。ギー、俺も狼用の甲冑を作ろうかな。何しろ俺は、人狼の中でも最弱だから、甲冑でも着けたら強くなりそうだ」

ギーは力なく笑う。そしてオーギュストの頰に触れようとしたが、手が悲惨な状態になっているので、慌てて引っ込めた。その手をオーギュストは、自身のものへと誘う。

「触れて……触れるんだ、ギー。俺のもので、おまえを治すから」

「そんな話、信じてるのか？」

「ああ、信じる。俺達は、幸いこれまで銀の弾丸を浴びずに済んでいるが、実際に撃たれた人狼もいるんだ。彼等の話を聞くと、番の精しか効き目のあるものはないらしい」

銀毒は軽く触れた程度でも、火傷のように爛れてしまう。何もしなければ、治るまでかなりの日数がかかる。銀のナイフで脅されてきたギーには、よく分かっている筈だ。

「おかしいよな。神は俺達に、変な力ばかり授けている。これもきっと、その変な力の一つなんだ。ギー、俺から蜜を搾《しぼ》り取れ。それがおまえを治す薬になる」

そっと唇を重ねながら、オーギュストはギーを誘った。ギーはため息を吐きつつ、キスを受け入れる。そうしているうちに、オーギュストのものは反応を示し、前触れの滴がまずギーの手を湿らせた。

「んっ……んん、痛みが引いたような気がする」

「ええっ？　早すぎないか？」

「そうだな……気のせいか」

途惑っているギーが、何だか可愛く思えてしまう。恐ろしい暗殺集団と共に流浪の日々を送っていながら、純粋な少年の心を失わずにいた、そんな昔のギーの姿が重なって見えた。

「もっと……強くこすって……蜜が出るように」

ギーの顔を舐めながら、オーギュストはさらに誘った。

「おかしいな。こんな怪我をしていて、さっきまで痛みで呻いてたのに……」

「番は元気の素《もと》なのさ。そうに決まってる」

今度は反対の手で、ギーはオーギュストのものを弄った。そしてオーギュストの射精を促すように、ギーはオーギュストの耳を甘く噛み始める。

「あっ……ああ……そうだよ、いい感じになってきた」

いつもならこの程度の刺激で、そう簡単に興奮したり果てたりはしない。もっと激しく、貪欲に交合を楽しんでいる。

かといって気持ちばかり先行しては、いくら特別な体だといっても萎えてしまうことだってある。大切なのはいつも以上に細やかに、愛情を注ぎ合うことだった。

「早く治して……俺のためにまた戦って」

「ああ、戦う。オーギュを護るために、あんな獣、倒してやるからな」

「そうだ、それでいい。俺のギーは、絶対に負けない、誇り高き獣なんだから」

首筋を噛まれた瞬間、最初の静かな射精が起こった。それをギーは両手で受け止め、爛れた掌《てのひら》になすりつけている。

「気のせいじゃない。さっきまで、焼けるように痛かったんだ。このまま肉が腐っていくんじゃないかと思ったのに……痛みが治まってる」

「もっと俺を愛したくなってきた？　だろ？」

そこでやっとギーは、いつものような笑顔を取り戻した。

「なってきた……ありがとう、オーギュ。おまえのおかげだ」

「感謝はいらない。それより……こっちはどう？　俺にも楽しみをくれないのか？」

「そうしてやりたいが……足が……」

「それじゃもっと俺のものが必要だな」

爛れたギーの傷口を、オーギュストは舐める。するとギーは、オーギュストの顔を引き離そうとしてきた。

「そんなことするな。オーギュが汚れる」

「昔から獣は、こうやって傷を治してきたんだ」

「よせっ、そんな姿、見たくない」

「だったら目を閉じていろ。精が効くなら、唾液だって効くに決まってる」

ギーが愛しいのだ。だから何かせずにはいられない。痛みが消えるというなら、どんなことでも苦にはならなかった。

　そうしているうちに、またもや静かに欲望が兆してきた。オーギュストはギーの手をその部分に引き寄せ、自分のものを握らせる。

「綺麗にしてやったんだ。今度は、足の傷に塗るといい」

「オーギュ……」

「痛みを忘れて、元気になってくれよ。そうしないと、俺のほうが満足できないままだ」

　オーギュストはキスをねだる。ギーはオーギュストの口内に残った毒を、すべて吸い取ろうとするかのような、熱烈なキスをしてきた。

「おまえは……貴族なのに」

「貴族だから何だっていうんだ。その前に俺は、おまえの番だろ？　それ以外の何者でもない」

　噛んで欲しいと、オーギュストは首筋を示す。そこに歯を入れる瞬間、オーギュストはギーの啜《すす》り泣きを聞いたような気がした。

「どうしたんだ、ギー」

「俺のために……あんなことまで」

「当然さ。だって俺は……ギーを愛しているんだから」

　狼として吠えた姿は見たことがあるが、ギーが人間として泣くところを見たことがない。どうやらギーは、人間らしく泣くことを思い出したようだ。それが何よりもオーギュストは嬉しかった。

「ギーだって俺を愛してるだろ？　だったら……今度はギーが俺を楽しませる番だ」

それ以上何も言わなくても、ギーは猛々《たけだけ》しい牡の力を取り戻していた。痛みは消えたわけではないだろう。なのにギーは、自分がまだ十分に戦える強い牡だと示したいのだ。

オーギュストを抱き寄せ、ギーは熱くなったものを挿入してくる。

「んっ、んんっ、心配、することはなかった。元気じゃないか」

「これくらいの傷、たいしたことはない」

「そうだ……あっ……たいしたことじゃない。こうして、愛し合っていれば、すぐに治る」

ギーを元気にするためには、オーギュストも元気でいなければいけない。そのためにはギーのもので満たされる必要があるのだ。

「あっ……ああ、何だろう。いつもよりずっと熱く感じる」

「オーギュもだ。中が、熱くなってる」

「ん……ああ、中から、焼かれていくみたいだ」

ギーの体内に残る、銀毒のせいかもしれない。毒はときに媚薬にもなるらしい。

「んん……痛みなんて……忘れさせるから」

「とっくに忘れてる」

激しく動き出したギーの様子から、本当に痛みはもうどこかにいってしまったように思える。

中を満たしていく熱いものを感じて、オーギュストは全身を震わせる。それと同時に、オーギュストの出したものがギーの体に飛び散った。それをギーは、笑いながら手にとった。

「神は俺達を作ったときに、何を考えていたんだろう。子は成せない代わりに、番によって生き延びられるようにするなんて……」

「愛に忠実なものだけを……神は祝福してくれるんだ」

そう言いながら、オーギュストはギーの体に残ったものを手に取り、傷口に塗りつけてやる。

「もし番に出会えなかったら、人狼だって五百年生きられないのかもしれない」

ふとそんな気がして、オーギュストは改めてギーを見つめる。

偶然なのか、それとも最初から決められた運命なのか、最高の番に出会えたことを、オーギュストは神に感謝していた。

洞窟に隠れて三日が過ぎた。日中は火を熾すことも許し、オーギュストはベリーにも獲物の分け前をたっぷりと与えた。

今日はよく肥えた野兎だ。変身せずに食べるときには、短刀を使って捌かないといけない。そんなことも昔はすべてベリーにやらせていたが、今はギーが率先してやっている。

ベリーは外での見張りを、律儀に続けている。その間もクロスボウと銃、剣の練習に余念がない。銃で獅子の攻撃を遮れたことが、とても嬉しかったのだろう。やる気に満ちていた。

驚異的な体力を誇るギーは、オーギュストの手厚い看護の甲斐《かい》もあって、元気を取り戻している。傷はまだ残っていたが、歩けるようにはなっていた。

「あの甲冑、どうやって作ったんだろう?」

捌かれたばかりの兎を食べながら、オーギュストは思ったことをギーに訊ねる。

「南方からの異国人には、金属の細工物を生業にしている者が大勢いる。作るのはそんなに難しくないだろう。問題は、どうやって着せたかだ。獅子は、自尊心の高い獣だと思ったが」

ギーは兎を捌きながら、切れ端をどんどん食べていく。六羽の兎は、ベリーに一羽、オーギュストが二羽、ギーが三羽でちょうどいい。

「ギー博士の見解としてはどうなんだ?」

「恐らく……阿片《アヘン》だ。俺がいた頃から、やつらは毒薬の遣い手だった。阿片で眠らせて、その間に甲冑を着せたり、歯に被せものをしたんだろう」

そうやって考えると、あの獅子も哀れな存在に思えてくる。かつてローマの権力者は、民衆を満足させるために南の国々から猛獣を取り寄せ、円形競技場で剣闘士に殺させた。また異教徒や罪人を殺させる役も、猛獣達にやらせていた。

それと同じ残酷さを、オーギュストは感じる。説得して自由にしてやりたかったが、あの獅子は狼や馬、犬などの従順な動物とは違う。いくら人狼に特別な力があっても、意思の疎通は難しそうだった。

「いつも甲冑を着けているわけじゃないだろう。脱いだものをまた着せるのに、毎回阿片を使って動きを封じているなら、そろそろ弱ってきている筈だ」

ギーは何か考え込むような顔になる。計画も何も練らず、いきなり突撃して手痛い目に遭った。そこで次回は、別の手を考えているようだ。

「ギー、怒らないで聞いてくれ。俺が思うに、生身でやつと戦うのは無理だ」

「……そうだな」

「分厚い手袋と、底のしっかりしたブーツ。これを身に着けて、武器を使用して戦う」

「それなら俺の出番はない」

生身で最強のギーには、武器など必要ない。だからギーは、余程のことがないと剣すら手にしなかった。

「銀は、鋼に比べて柔らかい。至近距離で銃撃すれば、あの甲冑でも楽に貫通するだろう。その前にクロスボウで、動きを封じておくのも手だな」

オーギュストの口にした作戦に、ギーは頷くだけだ。本当は再度戦いを挑みたいのだろうが、ここは素直に引き下がってくれていた。

「ギーには、人間達の相手をして欲しい。猛獣使いはかなりの遣い手だ。頭や他のヒドラはどうだろう？　銀の短刀や、銀製の弾丸も持っているかもしれないが、ギーの敵じゃない」

「考えたな、オーギュ。人間の姿で、あの獅子と戦うつもりか」

「それしかないだろう。あの甲冑は、俺達が狼になって向かっていくことを想定してるんだ。金も時間も掛けた作戦だろうが、やつらは一つ見落としている。俺は……狼としては弱いが、人間になったら最強だ。剣も弓矢も銃も、誰にも負けない。戦場では、一人で百人分の働きが出来ると言われていた男だ」

こんなこと本当は今更言いたくない。強さを自慢することは、逆に自分の弱さを晒《さら》しているような気分になってくる。ギーに対してそんなことを言うのは恥ずかしかった。

「何だよ、オーギュ。俺はおまえのこと、弱い男だなんて思ったことはないぞ。それよりも、真の勇者だと思って尊敬している」

「よせよ……愛情と尊敬を一緒にするな」

「俺は、おまえが貴族なのに、俺みたいな人間や使用人を、全く差別しないことを尊敬してるんだ」

それを言われると、オーギュストには返す言葉がない。自分では、貴族のぼっちゃん気分が抜けなくて、誰にでも甘えたがる男だと思っていたのだが、ギーの評価は違っていたようだ。

「最初は、おまえは特別綺麗だから、誰もがちやほやするんだと思っていた。だが、それだけじゃなかった。おまえの中には、人は皆平等だという、素晴らしい精神がある。それが人を惹き付けるんだ」

「おいおい、待てよ、ギー博士。いつからそんな、学匠みたいな話し方するようになったんだ」

「オーギュのおかげさ。俺は……獣でしかなかった。あの獅子よりもっと惨めな、ただの人殺しの道具でしかなかったんだ。なのにおまえは、俺に好きなだけ本を与えてくれ、学ぶ機会を与えてくれた。人並み以上に扱ってくれたんだ」

「それは、ギーが俺の番だったからだ」

ギーに愛されるためなら、オーギュストは何でもする。けれどもしギーが番でなかったら、オーギュストはどうしただろう。それでも邸に引き取り、文字を教え、本を与えただろうか。

やはり、与えるのがオーギュストだ。そして愛されてしまうのが、オーギュストだった。

「オーギュは優しい。誰にでも優しい。だから俺は嫉妬する。おまえが俺以外の誰かに笑いかけただけで、内心はそいつに噛みつきたいといつも思っているぐらいだ」

「だったら、これまでのベリーは全員、噛み傷だらけだな」

「おまえのような男が、王になればいい」

「馬鹿なこと言うな。王になりたいなんて思ったことは一度もない。俺がヒドラに理解があるのは、同じように自由を愛しているからさ。王に忠誠を誓ったからこの国に留まっているが、本当は……流れていきたいのかもしれない」

忠誠を誓ったのは王に対してだ。この国に対してではない。だったら王の密偵などという役割すべてを捨てて、自由になってしまってもいいのかもしれない。

男爵家は子孫が継いでいる。馬の生産はかなり順調で、名馬の産地と言われるまでになった。そこで働くギーの親族達は、その技術を代々伝えていくだろう。

心配することは何もない。あの異臭漂うベルサイユから離れ、ギーと一緒に世界を流離うのもいいかもしれない。

「行こうか、オーギュ。どこに行っても、俺達は最強だ」

「そうだな……」

この魔物退治が終わったら、そうオーギュストが言おうとした瞬間、ベリーが飛び込んできた。

「犬の声がします。やつらが追ってきたみたいです」

「飼い犬には、ちゃんと餌をやるべきだ。人の食卓の獲物を狙うんじゃない。まったく、躾《しつけ》のなってない連中だな。ベリー、自分の分は食べたのか？」

「ま、まだ焼けてません」

「新鮮な兎だ。生焼けでも食べられるさ。犬に奪われる前に、食べたらどうだ？」

「わ、若様。そんなことしている場合じゃありませんよ！」

オーギュストは持ってきた武器の中から、クロスボウを手にする。そして三丁の銃をベリーに示した。

「すぐ撃てるように、弾を装填するのがベリーの仕事だ。俺が剣に代えてからは好きに撃ってもいいが、何発か撃った後は、不発になったり軌道がずれたりする。覚悟して扱え」

「は、ははは、はい」

三日も追ってこなかったのは、派手に暴れ回ったから、彼等の痛手も大きかったせいだろう。怪我をした連中の代わりに、新たな仲間を呼び寄せていたのかもしれない。いずれにしても、三日も間を開けてくれて助かった。

「こっちから出向かなくてよかったな。ギー、戦えるか？」

「ああ、獅子以外は任せろ」

「そうしてくれると助かる」

ギーがいれば戦いに不安はない。この間は、読みを間違えただけだ。オーギュストは剣を二本提げ、短刀を十本、腰のベルトに引っかけた。

「ジェヴォーダンの魔物か？　魔物は、俺達だよな」

何も言わずに、ギーはすでに狼になっていた。

真っ黒な長目の被毛を持ち、燃えているように赤く輝く目を持つ獣だ。大きさは普通の狼の倍近くあり、二百年以上生きていても牙は鋭く尖《とが》ったままだった。

「最強なのは、俺達さ」

洞窟を出て、ヒドラ達が来る先に走り出る。獅子はまだ檻の中で、オーギュスト達が近づくと異様な興奮状態になり咆哮を繰り返した。

張り切って先導してきた猟犬達は、ギーの姿を見た瞬間、キャンキャンと鳴いて森の奥に逃げ込んでしまった。

「可哀相に……南の国の草原にいたら、王者のままでいられたものを」

甲冑を纏って戦いたくないだろう。本来の姿で十分に強いのだ。さらに哀れなことに、獅子は興奮させるために薬を使われているようで、完全に正気を失っているように見えた。

「出て来い、獅子王。王らしく、名誉ある死を与えてやる」

オーギュストの堂々とした登場に、馬上の頭は驚いたように攻撃の命令を出す。すると猛獣使いが、慌てて檻の扉を開いた。

獅子は勢いよく檻から飛び出したが、無理に興奮させられて何が何だか分からなくなっているのだろう。本来は自分の飼い主である筈のヒドラ達に、次々と飛びかかっていき、前足の鋭い爪で喉を切り裂き、牙で頭を噛み砕いていた。

南の国の猛獣使いは慌てている。何か喚きながら、鞭を手にして獅子を従わせようとした。ところがいつの間にかギーが猛獣使いに忍び寄り、その手から鞭を奪い取ってしまった。

「う、うわわわわ、若様、だ、大丈夫でしょうか？」

ベリーは目の前の惨劇に、震え上がっている。

「大丈夫さ。獅子がヒドラ達を片付けてくれている。ギーの仕事が楽になっただろ」

まだ後ろ足の傷は完治していないギーは、派手な跳躍は出来ない。速さもいつもよりずっと遅かったが、獅子の反乱で大騒ぎになったせいで、楽々ヒドラ達を倒せた。ギーに気が付いた獅子は、攻撃しようと襲いかかってくるが、その前にヒドラ達がいる。それを薙ぎ払い、噛み砕いて進んでいた。

「ギーは賢いな。どんどん同士討ちをさせてる」

これではオーギュストの出る幕がない。そう思っていたら、目の前に馬に乗った頭が現れた。その手には、銃が握られている。

『どうした？　今日は裸じゃないのか？』

『やたら裸を見せてはいけないって、番に怒られたんだ』

『くるくる姿を変える悪魔め』

銃口は自分に向けられていたが、オーギュストが慌てるようなことはなかった。オーギュスト達を狩るために、やつらはかなり元手を掛けている。それを回収するためにも、そう簡単にオーギュスト達を殺すわけにはいかないのだ。

『悪魔の血を売ろうとしているやつに、悪魔なんて言われたくはないな』

『銀の弾が入ってる。大人しくしていれば、綺麗な顔は傷つけない』

『あのな、銀の弾ってのは、鉛より柔らかいから、その距離じゃ致命傷にならないんだよ。知らないのか？』

知らなくて当然だ。銀の弾を人狼に向けて撃ったことのある人間なんて、そうはいないだろう。

『撃たれるのが怖くて、嘘を吐くのか？』

頭は馬鹿にしたように笑っている。だがこの時代の銃は、それほど精度の高いものではなかったから、オーギュストは恐れなかったのだ。

『じゃ、試してみるといい。それじゃ試合開始だ』

オーギュストは素早く短刀を取りだし、頭に向かって投げる。短刀は腕に突き刺さり、その勢いで銃は発射されたが、オーギュストの足下にも届かなかった。

『俺の相手は、南の草原の獅子王だ。邪魔するな』

素早くオーギュストは馬に近づき、その尻を思い切り叩く。馬は驚き、頭を落としたまま走り去った。頭は短刀を引き抜き、呻きながらも掛かってこようとする。その足に、今度はギーが噛みついていた。

そこでついに頭は悲鳴をあげた。動けなくなったら、即座に獅子に狙われる。獅子はオーギュストやギーと違って、交渉もしてくれなければ、情けも掛けてはくれない。目の前にいるものを殺すことしか考えない、魔物になってしまったのだから。

頭は哀れな声で、助けを懇願している。オーギュストはそこでクロスボウを手にした。

「俺に助けられるかな？　神を信じてるなら、頼んでみるといい」

クロスボウは銃より余程精度がいい。頭めがけて突進してくる獅子の横腹に、まず矢を射てみた。甲冑は見かけほどの強度はなく、鋼の矢は甲冑を貫き楽々獅子の体にめり込んでいた。

「ベリー、矢を番えろ」

その間にオーギュストは銃を手にする。そして荒れ狂う獅子の眉間を狙って撃った。兜《かぶと》を貫通したのは確かだが、致命傷には至らなかったようだ。獅子はオーギュストめがけて、さらに勢いよく突進してくる。銃を替えて撃つ。続いてまたクロスボウを撃つ。それでも獅子は倒れない。

ベリーが必死に弾込めをし、矢を番えたが、獅子との距離はどんどん縮まってくる。するとオーギュストは両手に剣を握り、獅子の背中に飛び乗った。

分厚い手袋をしていても、底の厚い革製のブーツを履いていても、銀の毒気がオーギュストに襲いかかる。目眩に耐えながら、オーギュストは甲冑の継ぎ目から獅子の背中に思い切り剣を突き入れた。

「自由にしてやる獅子王。魂になって、南の草原に帰れ」

剣を引き抜き、再び二本を突き刺した。するとさすがの獅子も、どっと音を立てて崩れ落ちる。その体の下には、ヒドラの頭が挟まっていた。

『助けてくれ。引き出してくれっ！』

『おまえの先祖を、血をやって助けてやった。なのにこれだ。俺もな、そんなにいい人ではいられないんだよ』

オーギュストは獅子から離れて、ベリーに命じた。

「獅子王に留めを。至近距離から、眉間を狙って撃て。出来るな」

「は、はいっ、若様」

まだフーフー言っている獅子に近づき、ベリーは至近距離から二発撃った。幸い不発になることもなく、甲冑を纏った獅子はついに息絶えた。

それを離れたところから見ていた猛獣使いが、天を仰いで泣いている。その側に、ギーは鞭を拾ってきて置いてやっていた。

生き残ったヒドラ達は、頭を見捨てて早々に逃げてしまった。獅子によって殺された無惨な死体が幾つも転がっているのを見て、オーギュストは大きくため息を吐いた。

「国王の討伐隊が来る前に、これをみんな俺達で始末しろっていうのか？」

「村人に手伝わせたらどうです？」

ベリーの提案にオーギュストは首を振る。

「こんなものを見せたら、どう思われる？　余計な詮索はされたくない」

まさか死体の始末までするつもりはなかったから、土を掘る道具もない。途方に暮れていたら、一人の男がおずおずと近づいてきた。

ヒドラではない、村の男のようだ。

「お強い騎士様。わ、わたしゃ、やつらに利用されて、あの猛獣使いを、南の国から連れてきたものです。ジャン・シャストルって猟師です」

男はオーギュスト達の圧倒的な強さを見たからなのか、攻撃する気はまるでない。

「よければこの場の始末を、わたしに、やらせてくれませんか？」

「一人じゃ無理だぞ」

「息子がおります。それにあの猛獣使いも……根は、いいやつですから」

いいやつなのだろう。猛獣使いは、獅子のために今は祈りながら号泣していた。

「何しろ獅子の甲冑は全部銀ですし、毛皮は高く売れます。わ、わたしも猛獣使いも、まだ、ヒドラから金を貰っていないもので」

ジャン・シャストルは、狡猾な表情を浮かべて言ってきた。

ヒドラの頭に真相を問《と》い質《ただ》そうとしたが、死んだ獅子の重さに耐えきれなかったのか、すでに息をしていない。ジャン・シャストルからは嘘の匂いが全くしなかったから、オーギュストはその言葉をすべて信じることにした。

「ここで見たことを、誰にも口外しないというなら、おまえにすべて任せてもいい」

「は、はい。もちろんです。何も、言いません。絶対に言いません」

「そうだな。下手に口を滑らせると、本物のジェヴォーダンの獣が、おまえ達を襲うことになる」

オーギュストは側に来ていたギーの頭を、優しく撫でながら言った。

「どうか、それだけはご勘弁を……」

「ジャン・シャストル。その名は覚えた。では……よろしく頼む」

オーギュストはそこで、踵《きびす》を返して野営地にしていた洞窟に戻った。

やはり頭を助けるべきだっただろうか。先代の書き残した人狼の秘密がどこにあるのか、訊ねる必要はあったかもしれない。

けれどオーギュストには、そこまでの情熱がもうなかった。心優しいオーギュストは、利用されて死んだ獅子のことを思うと、猛獣使い同様、胸が潰れるほど悲しかったのだ。

抜け目のないジャン・シャストルは、あの後さらに偽物のジェヴォーダンの獣をでっちあげ、自らの手でそれを射殺して、地元で英雄となった。獅子のようなものはもう使えないから、どうやらハイエナを使ったらしい。

何人かの新たな犠牲者が出たが、裏ではカトリックと新教徒との確執があり、それに利用された感もある。なのでオーギュストは、関わるのを一切やめてしまった。

時が流れ、ジェヴォーダンの獣の話は伝説になろうとしている。獅子の毛皮は、今頃どこかの貴族の邸にでも、飾られているのだろうか。

あんな騒動も、今となってはささやかな空騒ぎに思えてくる。カトリックと新教徒、貴族と民衆、様々な対立が随所で持ち上がり、パリは騒乱状態だ。民衆は飢え、怒り、叫んでいる。それを制圧する国軍の力は、日増しに弱くなってきていた。

そんなときにオーギュストは、懐かしい旧友からの招待状を受け取った。

今はスイスに住んでいるというその男の豪邸に、オーギュストはギーと共に向かう。

「いいのか、オーギュ。今頃、おまえのことを王は探し回ってるぞ」

「何のために？」

馬上で辺りの風景を楽しんでいたオーギュストは、ギーの言葉に眉を顰《ひそ》める。

「逃げるためだ。最強の護衛が欲しいだろう。もうじき、民衆は決起する。王は、隣国にでも逃げるしかあるまい」

「そうか。だったらこの旅は、王の逃亡先の視察……ということにしておこう」

逃げたいのは王だけじゃない。オーギュストもうあの国から逃げてしまいたかった。そんなときを見計らったかのように届いたこの招待状は、オーギュストにとってありがたいものだ。

「ベルサイユの乱痴気騒ぎ、王妃の農民ごっこ、貴婦人達のおかしな髪型。うんざりだ。俺にとってはの国家と王は……もう死んだ」

どんなに請われても、王のために戦いたくない。かといって、民衆のために戦いたくもなかった。

「民衆は恩知らずだしな。何かされても、すぐに忘れる」

その場は感謝しても、すぐに平然と裏切る。そんな人間が多すぎて、オーギュストは誰を信じていいのか分からなくなっている。今信じられるのは、同族しかいない。

「ギーは、俺が革命の戦士になったら嬉しいか？」

「いや、そんなものになって欲しくはない。正直いって、スイスに向かうと言ってくれてほっとしている」

「逃げ出したんだぞ？」

「正解だ。俺はあんな王室のために、オーギュを危険な目に遭わせたくない」

いつだってギーは、オーギュストを危険から遠ざけたいと思っているのだ。その期待に、今回ばかりは応えることになりそうだ。

「あれかな？　豪邸と手紙には書いてあったが、城って雰囲気じゃないぞ。何だ、あれなら俺の家の厩舎のほうが余程立派だ」

山の中腹に、白壁の質素な家が建っていた。広さはかなりあるようで、宿屋のような雰囲気だ。

「あの男だったら、大金持ちになっているだろうに……それとも、上手くいかなかったのかな」

長く生きていれば、自然と富に恵まれる。中にはギーの先代のように、恵まれない者のための医療奉仕で生涯を終えてしまうものがいないこともないが、ほとんどの人狼は裕福だ。

馬で近づいていくと、出迎えたのは屈強な男達だった。けれどよく見ると、みんなどこかに大きな傷跡がある。手の先がない者や、義足らしき男達もいた。

「オーギュスト・ジャルジェ男爵だが……この舘の主は……」

ギーが警戒している。そうしなければいられないほど、彼等の雰囲気は険悪だった。今にも剣を抜いて襲いかかってきそうだ。

「おい、顔を見れば分かるだろう？　こんな綺麗な男が、盗人の筈がないだろうが」

邸内から声がして、巻き毛の色男が飛び出してきた。

「サライッ！」

オーギュストは馬から飛び降り、懐かしい旧友に飛び付いていく。

「サライ、生きていてくれて嬉しいよ。何百年も連絡がないから、異国で死んでしまったのかと思ってた」

「いろいろとまずいことになってててね。俺は十カ国以上の国で、手配中の身だからな」

「何をやったんだ！」

「何って、盗人に決まってるだろ。まぁ、いいから、入れ」

ギーが嫉妬しても構わない。本当にオーギュストは懐かしくて、サライを抱き締めて離せなくなっていた。必要以上に長い抱擁に、ギーは苛立った様子をみせる。

オーギュストの肩を抱いて、邸内に招き入れようとしたサライは、そこで初めてのようにギーを見た。

「ああ、紹介するのが遅くなった。俺の番のギーだ」

「知ってる。ジェヴォーダンの獣だろ」

「えっ？　何で知ってるんだ？」

「何でも知ってるさ。おまえは密偵をフランス国内にしか持ってないけど、俺は世界中に持ってる」

誇らしげにサライは言うと、ギーのことを不躾な視線でじろじろと見つめた。

「ヒドラの色男か？　あっちのほうは凄そうだな」

ギーの眉がぴくりと上がる。これはまずいと思ったとき、花のいい香りがしてきた。

見ると深紅の異国の衣装を纏った美女が、ゆっくりと近づいてくる。髪は真っ直ぐで、烏の羽よりも黒く、アーモンド型の瞳も黒かった。

「ようこそ……男爵」

小首を傾げて優雅に挨拶するが、ヨーロッパではあまり見たことがない東洋人だ。

「オーギュ、俺の番のミー・メイだ」

「どこの国の人？」

「モンゴルだよ。偉大なる蒼《あお》き狼、チンギス・ハーンの血筋だ」

オーギュストは目眩を覚える。モンゴルの偉大な王の末裔なら、もっと逞しい男であるべきだが、目の前にいるのはどう見ても絶世の美女にしか見えない。

「どこで知り合ったと思う？」

「さ、さあ？」

「紫禁城《しきんじょう》の宝物殿。同じものを盗もうとして、偶然のように出会った」

「ということは……彼も？」

サライと同じ、立派な盗賊だということだ。

「そうさ。出会ってからは、二人で世界中の美術品を荒らし回ってる。もちろん盗むだけじゃない。立派な贋作《がんさく》で、しっかり儲《もう》けてるぞ」

促されて中に入ると、驚いたことにここが最上階で、実は崖下に向かって建物が作られているのが分かった。

「驚いたな……地下なのか？」

「山を削って作ったんだ。何しろここは、大切な宝物殿だからな。この地は地震もないし、滅多に嵐に見舞われることもない。しかも冬は雪に覆われて隠れる。最適な保管庫になるんだ」

建物の構造にも驚いたが、少し気になるのは、ギーをエスコートしてくれるミー・メイが、必要以上に親しげにその腕に腕を絡めていることだった。

オーギュストは嫉妬したことがない。何しろギーは、オーギュストしか見えない男だからだ。けれどこのサライの美しい番を見て、心が揺れたりするのだろうか。

しかし心配する必要はなさそうだ。ミー・メイは神秘的な微笑みを浮かべてギーを見つめているが、ギーは建物の随所にいる、衛兵のような男達のほうが気になっているようだ。

「オーギュの番はピリピリしてるな。安心しろ。やつらは俺が命じなければ、絶対に攻撃はしてこないから」

「ギーは殺気に反応するんだ。こっちはその気がなくても、彼等は警戒してる」

サライは困ったように首を傾げ、男達の一人を呼び出して告げた。

「心配しなくていい。彼等は同族だ」

それを聞いて、男は大きく頷く。どうやらここでは、人狼であることを隠す必要はないらしい。サライが説明した途端に、男達の警戒心が嘘のように消えた。いかつい顔にも、笑みが見られるようになっている。

「スイスは傭兵の一大産地だ。なのに勇猛果敢に戦った彼等を、迎え入れる場所がない。傭兵は腕っ節は強いし、荒くれが多いからな。村に戻っても嫌われる」

　そう説明すると、サライは人懐っこい笑顔になる。

「俺は領土を持った領主じゃない。なのに……やつらにとっちゃ俺は、大切な領主様だ。オーギュ、ここは小さいけど俺の王国だ。領民は傷ついた元傭兵。税は支払わなくていい代わりに、俺とミー・メイ、そして財産を護るのが仕事だ」

「彼等をまとめるのも大変だろ？」

「そんなことはないさ。だって、俺とミー・メイの血で、彼等の怪我を治したんだからな。ここにいれば傷ついた者同士、互いを補い合ってうまく生きていける」

「素晴らしい……尊敬するよ、サライ」

　嘘を吐くのが当たり前で、人を騙してばかりだったサライが、まさかこんなふうに変わるとは思わなかった。相変わらず盗みは働いているものの、行き場のなくなった傭兵達を養うほどの、心の広さは身につけたらしい。

「オーギュに話さなかったが、俺の一族は昔からの盗賊だ。下手に近づくと、すべて盗まれる。ミー・メイの一族は、モンゴルだしな。絶対的な忠誠を誓ってくれる、新しい一族が必要なんだ」

「それが傭兵なのか？」

「戦場で戦ったことがあるなら分かるだろ？　助け合わないと生き残れないということを、彼らは知ってる。仲間になれば、強い味方だ」

入り口は殺風景なのに、下の階は異国風の豪華な造りになっていた。そこにはいかつい男達と違って、見た目の優しげな男達がいる。年齢は様々だが、同じ異国風の服を着ていた。彼等はサライに対して、王に対するように慇懃《いんぎん》に礼をする。

サライはそれに鷹揚に答えていた。

「ここの階までは、一般の客も入れる。ギー、癇癪《かんしゃく》起こして暴れないでくれよ。何気に置かれているが、明朝《みんちょう》の壺《つぼ》とか景徳鎮《けいとくちん》の逸品だ」

壺を見ていたギーは、慌てて飛び退いた。

「ゲストルーム、食堂もこの階にある。狩りに行きたければご自由にどうぞ。猪とカモシカがお奨《すす》めだ」

「だけど、こんな建物を造ったり、傭兵を養ったりするのには、金がいるだろう？」

「オーギュの口から、金の話が出るとは意外だな」

「いや、盗賊はそんなに儲かるのかって、驚いているだけだ」

オーギュストには金に対する欲がない。服飾品と新しい武器にだけは金を使うが、他には使いようがなかった。邸だって壊れたところを直しながら、三百年以上暮らしている。他に邸を持ちたいと思わないし、そんな金があったらギーとの牧場に、いい種馬を仕入れたかった。

「こういう高い壺とか、王族や貴族が買うのか？」

「まあね。それよりもいい客は、新興勢力のブルジョワだ。教養はないくせに、金は持ってる連中だ。

来いよ……滅多に人には見せないものを見せてやる」

サライは壁の一部の隠し扉を開くと、さらに階下へと案内してくれた。

「人狼になったばかりの頃、俺が持ってたのは、レオナルドが遺してくれた僅かの遺産だけだった。その中で、もっとも価値のあるのがこれだ」

階下は美術館のようになっている。その中で、一際《ひときわ》目を惹いたのが『モナ・リザ』と呼ばれる肖像画だった。

「えっ？　これは、ルイ十四世が、ベルサイユ宮殿に飾っていなかったか？」

「そうだな。俺が、フランソワ一世に売ったやつだ」

「それじゃこれは？」

「レオナルドが俺に遺してくれた愛だ。そう簡単に売れると思うか？」

そこでサライは大きな引き出しを開け、中に置かれた数枚の絵画を次々と並べてみせる。オーギュストには、どれも全く同じにしか見えなかった。

「えっ……みんな『モナ・リザ』？　サライが描いたのか？」

何とサライは、何枚もの同じ絵を所有していた。どこがどう本物と違うのか、見分けがつかないほどの出来映えだ。

「俺には画家としての才能はない。だが、人のものを盗むのは得意だ。絵も……盗める」

「だからって……こんなに」

「こっちにはエジプトのピラミッドからの出土品や、ローマ時代のものもあるぞ」

奥の棚に並んだ大量の美術品を見せられ、オーギュストは呆れる。

「これもみんな、贋作なんだろ？」

「そうさ。この下の階は、これらの作品を作る工房になってる。俺はここに世界一の贋作工房を作ったんだ」

自慢できるものが手に入るまで、サライはオーギュストに連絡してこなかったようだ。そこには生まれつきの貴族であるオーギュストに対する、屈折した対抗心があったのかもしれない。

偽物を作り、人を騙すことしか出来ないのだと、今も内心では卑下しているだろうか。だからこそここで、オーギュストに改めて称讃されたかったのかもしれない。

「芸術の価値なんて、本当は誰も分かってないのさ。だから金を払いたいやつが払えばいい。偽物だって、本人にとって本物ならそれでいいんだ」

サライは強く主張する。疚《やま》しさが言わせるのだろうか。

贋作ギャラリーの作品を一通り見て回ると、再び階上の部屋へとサライは案内する。その間もミー・メイはギーにまとわりついているが、サライに嫉妬している様子はなかった。

「サライ、そろそろ彼のことを教えてくれ」

気になって、サライが注目するようにし向けたが、ミー・メイを注意する様子はない。

「女みたいで気になるか？」

「こんな人狼を見たことがない。本当に男なのか、まだ信じられないくらいだ」

「蒼き狼の一族は、勇猛果敢な人狼が多いらしい。なのにミー・メイは変わってる。さらに変わってるのは、彼は双子で、兄も人狼なんだ」

番のミー・メイのことを語るとき、サライは誇らしげだ。本当はもっと早くに、オーギュストに紹介したかったのだろう。それが出来なかった理由がありそうだ。

「何も知らないブルジョワ連中に、ミー・メイを清朝《しんちょう》のお姫様だと紹介するんだ。異国に来たものの、金がなくなって持っているものを売りたいって設定でな。みんな簡単に引っかかる。中には、ミー・メイを愛人にしたがる馬鹿なやつもいて、それは少し困るんだが」

「彼を利用してるのか？」

「客になったブルジョワの家に、その後、ミー・メイが忍び込んでも、それは俺の管轄外。俺達は、互いの趣味に干渉しないことにしている」

よくも似た者同士が番になったものだ。まさに神の采配としかいいようがない。

「倫理観が欠如しているんだな」

そこで初めて、ギーが口を開いた。

「そうだな。だけど国王はどうしてる？　他国の領土を盗もうとして、戦争ばっかりやってるだろ。それも倫理観の欠如じゃないのか？」

サライは雄弁だ。無口なギーでは、とても勝負になりそうもない。そう思ったのに、今回は違っていた。

「傷ついた傭兵を扶養しているのは素晴らしい。贋作は審美眼のないものに買わせているのだから、納得出来る。ただ……個人宅の窃盗はよくない。民衆から搾取した金でブルジョワジーは豊かになったのかもしれないが、私的財産は保護されるべきだ」

「オーギュ、こいつ、本当にジェヴォーダンの獣なのか？　獣にしちゃ、雄弁すぎる。まるで考える頭があるみたいだ」

「ある種の獣は、人より賢い」

サライが口の悪いのは昔からだが、ギーはそんなことを知らない。どうやら本気で怒ってしまったようだ。けれど今回は怒っても、ちゃんと話している。いきなり殴ったり、噛みついたりしないのはさすがだった。

「倫理観なんて、くそくらえだ。何しろ俺達は、生粋の盗人だからな」

口論に持ち込むのも面倒なのか、サライは居直っている。するとギーは、反省したのか穏やかに答えていた。

「倫理観の問題で、君らを非難出来る立場じゃないのに失礼した。俺は、命を盗んできたんだから」

「それは、かなりまずい仕事ってことか？」

「ああそうだ。当初ジェヴォーダンの獣の意味は、暗殺者に付けられた名前だったんだ。依頼されれば、誰でも殺す有名な暗殺者のな」

ギーが淡々と語ると、やはり迫力がある。さすがにサライもそれを聞いて押し黙ってしまった。

「俺は、何のために人を殺してきたんだろう。いい人間も悪い人間もいた筈だ」

その問いかけに、答えられる者はいなかった。ギー自身が、答えを導き出すしかないのだ。そして辛い過去を、乗り越えていくしかなかった。

「サライと同じように俺も思った。王は戦争という名目で、何万人も殺す。最強の暗殺者は、ジェヴォーダンの獣じゃない。国家の王だ」

「ギー……」

オーギュストはミー・メイを押しのけ、ギーの腕を取る。そしてそっとその体を抱き締めた。

「それは……もう終わったことだから」

「だが忘れられるものじゃない。オーギュは騎士で、サライは贋作作家、ミー・メイが盗人だったように、俺は……暗殺者だったんだ」

ギーがこんなふうに自分の過去を語ったことはない。サライの登場で、影響を受けたようだ。自分の言葉で、自分のことを語るべきだと思ったのだろう。

「ここにいる元傭兵は、おまえの仲間だ。一人を殺せば暗殺者だが、みんなで殺し合えば兵隊だ。何が違う？　もし神に叱られるやつがいたとしたら、それは殺せと命じたやつだ」

サライが気を引き立てるように言う。それに続いて、今度はミー・メイが鈴を振ったような美しい声で囁いた。

「みんなの信じている神は、国家の王を叱ってる。だから、革命が起きる。オーギュ、ギー、フランスは危ない。しばらくここにいて」

「えっ……」

「王の仲間が、オーギュと獣を探している……王と、あの菓子の女王を護らせるため。行ってはいけない。王に付けば皆殺し」

突然、不思議な口調で言われて、オーギュストはおかしな気分になってくる。

「ミー・メイ……もしかして、未来が見えるのか？」

人狼は特別な存在だ。その中でも東の国の人狼となったら、同族のオーギュストからしても謎めいている。未来の透視ぐらい、簡単にやってのけそうだ。

「少しね。だから盗賊として私は一流。先が読める。今は、見えた。二つの首、今度は民衆が暗殺者になった」

「そうか……そうだよな。民衆が怒る意味はよく分かる。飢えているのに、王にはパンを配るだけの力がもうない」

市民はパンがなくて飢えているのに、貴族達は鬘《かつら》に小麦粉をふんだんに掛けて白くしている。女王が、パンがなければお菓子を食べればいいと言ったというのが、市民の間に流布していた。

以前は王が同じように豪奢な生活をしていても、無駄な戦争に邁進《まいしん》していても、支配者とはそういうものなのだと、許せる気持ちがまだオーギュストにもあった。

けれどもう無理だ。忠誠心はすっかり消えてしまった。

「手紙を書いてここに呼んだのは、ミー・メイの予言があったからだ。ここで王を護ったら、革命を起こした連中におまえが狙われる。オーギュ、俺の弟をそんなことで死なせるわけにはいかないだろ？」

「ありがとう……サライ、ミー・メイ」

オーギュストを縛り付けていた、国家という足枷《あしかせ》は外れた。フランスは自由の国になるだろう。そしてオーギュストも、これでやっと王から自由になれるのだ。

傭兵とはいえ、誰もが剣の達人というわけではない。他に仕事がないから傭兵に志願しただけで、戦い方など知らない者もいた。そこでオーギュストはサライの傭兵達に、剣の手ほどきをすることにした。さらには敵の数によって、どういった迎撃態勢を取ったらいいかの指導もした。

その間に、ギーはサライに世界の美術史を教わっている。贋作作家が贋作を摑まされるわけにはいかないので、サライは学者並みに美術史に詳しい。ミー・メイと結ばれてからは、西洋だけではなく、東洋美術にまで精通していた。

ギーは楽しみながらサライの講義を聞き、ついにはその内容を書き留め始めた。書きだしたら面白くなったのだろう。毎日、ギーはペンを走らせるようになった。

静かな山間での生活が続くうち、新年になって数日後、オーギュストはベリーからの手紙を受け取る。そこにはフランス王ルイ十六世が、ギロチンで処刑されたと書かれていた。

「王は……民衆に向けて発砲することを、スイスの傭兵達に許さなかった。そのせいで、傭兵達は大勢死んだそうだ」

手紙の内容をギーに告げながら、オーギュストは暖炉の火を見つめる。

「王は最後にいいことをした。だが、どうせなら自分を護るために尽力してくれた兵達を、逃がしてやるぐらいはするべきだったんだ」

ギーは暖炉の側の長椅子に、足を投げ出した姿で寝ころび、熱心に本を読んでいた。その本の内容は人々を自由に駆り立てるものだった。今、革命のパリに戻れば、ギーは間違いなく革命派に味方するのだろう。

そしてオーギュストは、王を助けるために尽力し、下手したらスイスの傭兵達のように、民衆に攻撃されて命を落としていたかもしれない。

「こんなにたくさんの雪を見たのは初めてだ」

全く関係のないことを、ギーは口にする。オーギュストが王の死を悲しんでいるのではないかと思って、あえて話題を逸らしたのだろう。

「狩りに行こうか？」

「そんな気分じゃない……」

「オーギュは、狼になると小さいといつも嘆いているが、ミー・メイの変身した姿を見たか？ オーギュよりも小さいかもしれない」

「そう？ 見たのか？」

ギーは返事をしないで長椅子を下り、暖炉に薪《まき》をくべていた。

その様子を見ていると、まるでギーがミー・メイと秘密を共有しているかのように思えて、ついいらぬ嫉妬心が湧き上がる。

「ミー・メイは盗賊だ。人の持っているものを、何でも欲しがる。たとえそれが、俺の番でも」

単刀直入にオーギュストは言ってしまった。

「変身するのに、裸を見せつけたのか？　どうだった？　それで、興奮したのか？」

いつもならこんな見苦しい態度は見せない。やはりオーギュストにとって、王をギロチンで処刑するというのは、相当なショックだったのだ。

「つまらない嫉妬なんてするな。人狼は番にしか反応しない。それくらい知っているだろう？」

「さあな。ミー・メイは変わってる。俺達の理解の範疇《はんちゅう》を超えているかもしれない」

「だったらサライとオーギュの関係も、俺の理解の範疇を超えている」

「……何がおかしい？　何もおかしくないさ」

答えを聞かなくても分かる。血が繋がっていないのに、サライがオーギュストのことを弟扱いするのが、ギーは気に入らないのだ。

お互いに、つまらないことで嫉妬している。これならミー・メイがギーにちょっかいを出しても、気にも留めないサライのほうが余程達観しているように思えた。

「俺は、自分の兄弟でもそれほど愛さなかった。オーギュは誰からも愛されるから、サライも同じように自分を可愛がってくれていると思うんだろうが、何か、二人だけの特別な絆《きずな》を感じる」

「そんなものはないさ。ギーは俺のことになると、冷静じゃなくなる。もっとも……今回は、俺も同じだ。すまない、変に疑ったりして悪かった」

再び長椅子に座ったギーの横にオーギュストも並んで座り、その肩に頭を乗せる。

戸外では深い雪が積もっていたが、薪は勢いよく燃え上がり熱いくらいだった。オーギュストはシャツ一枚になり、誘うようにギーの体を抱く。

「三百年近く生きていて、初めて嫉妬らしいものを味わったんだ」

「それはよかったな。俺はずっと嫉妬らしいものを味わっているが」

「嫉妬するのを、楽しんでいるのかもしれない」

「だったらそれは本物じゃない。嫉妬は醜い感情だ。銀毒みたいに、心を冒す」

銀毒に冒されたこともないから、その痛みや苦しみがやはりオーギュストには分からない。それがどんなに幸せなことだったのか、今更のようにオーギュストはギーに感謝していた。

「本当の嫉妬を知らないってことは、何だか凄いことじゃないか？」

「そうだな……」

「俺は恵まれてる。なのに……欲深だ。死んだ後も、ギーといたいと今でも思ってるんだが」

「約束は守るから安心しろ」

ギーはオーギュストを抱き寄せ、優しくキスをしてくれた。それを情熱的なキスにしてしまうのはオーギュストだ。今は、断頭台のことを忘れたい。そのためにギーと体を重ねて忘れようとしている。

「もう半分以上が過ぎてしまったんだな。ギーとこうして愛し合えるのも、後、二百年しかない。五百年生きられるからって、それで満足出来るもんか。どうせなら、不老不死でいたいぐらいだ」

「死ぬのが怖いのか？」

「うん……ギロチンにかけられたら、いくら人狼でも生き延びられないだろ。そう考えると、いつもよりずっと怖く感じるんだ」

王の無念が伝わってくるようだ。敬愛される筈の民によって、断頭台にまで追われてしまったのだから、さぞや悲しかっただろう。

強く抱き付いていれば、不安から逃れることが出来る。ギーの熱っぽい体は生命力が満ち溢れていて、死の恐怖を追い払ってくれた。

「俺は死ぬのは怖くない。それよりオーギュと離れることのほうが余程怖い」

「それは……俺も同じだ」

「だから一緒に死ぬんだ。オーギュを失ってから二十年余計に生きたからって、それでどうだっていうんだ。体は生きていても、心はとうに死んでいる。そんな人生なんていらない」

何度もこうして愛を語り合い、体を重ねてきた。それでもまだ足りない。長く生きられたとしても、さらに欲深になっていくだけだろう。

「だけど、ギーはそのことを秘密にしなければ駄目だ。そうしないと、みんなギーを真似して番の後追いを始める。死なないと不実な番に思われると、考えるだろ？」

「大丈夫だ。人狼の体は、そう簡単に死ねないように出来てる。自分で死ぬことが出来るのは、最強の獣である俺だけだ」

オーギュストのシャツを脱がしながら、ギーは不敵に笑う。そんな荒々しい表情に、オーギュストはすでに蕩《とろ》けた気分になっていた。

「ギー……抱いて」

ギーの逞しい体に腕を回したとき、オーギュストは室内に犬が迷い込んでいるのに気がついた。この要塞のような建物の中で、犬は飼われていただろうか。そういえばここで暮らす元傭兵の中には、犬や猫を連れてきている者もいる。

「おい……何を見てるんだ」

犬は妙に馴れ馴れしい。オーギュストを恐れる様子もなく、じっと見つめている。しかも尻尾まで盛大に降って、何だか楽しげだった。

「どうした？　何かいるのか」

「ああ、ギー、変な犬がいる」

そこで背後を振り返ったギーは、ふんっと鼻を鳴らした。

「犬にしか見えないだろ？　だからオーギュ、もっと自信を持っていいぞ」

「えっ？　じゃ、あれがミー・メイ？」

どう見ても犬にしか見えない。これならオーギュストのほうが余程狼らしい。

「ミー・メイ、遠慮してくれ。今、いいとこなんだ」

オーギュストの申し出に、ミー・メイはすぐに人の姿に戻った。

「一緒に、楽しもう。私、ギーと試したい。ギー、大きな獣。私の兄さんに似てる」

「それは無理だ。番以外とは出来ないことぐらい、知ってるだろ」

「だから三人でやろう」

無邪気な様子で言われて、オーギュストは困惑する。もしかしたらサライは、このとんでもない番のせいで、思ったより苦労しているのかもしれない。

「それより、ミー・メイの兄さんのことを教えてくれ。彼は、まともな人狼なのか？」

「草原の帝王……美しい神馬に乗ってる」

人狼の双子というのは、全くそっくりにはならないのだろうか。それとも兄の力が強すぎて、ミー・メイは母親の胎内にいるときから、かなり力を奪われていたのかもしれない。

「兄さんを慕う気持ちは分かるけど、ギーを彼に重ねないでくれ。ギーは俺の番で、生涯、俺だけのものだから」

「ミー・メイ、最初から半分。だから欲しい。たくさん欲しい」

「それは違う。愛は半分に分けられるものじゃない。ギーの愛は、俺だけのものなんだ。死ぬまでずっとそれは変わらない」

王の寝室で、初めてギーを見たときの衝撃は忘れられない。会った瞬間、オーギュストは惹き付けられた。そんな思いをミー・メイは、サライに抱かなかったのだろうか。

「ミー・メイをそんな気持ちにさせるのは、サライが悪い。十分に愛してない証拠だ」

オーギュストが怒った様子でギーの膝から降りて立ち上がると、ミー・メイは困ったような顔になった。

「サライは悪くない。だから怒らないで」

「怒るさ。人のものを何でも盗んでいいと思ってるかもしれないけど、心や体は駄目だ。ミー・メイの精は、サライを癒やし、元気にさせるためにある。ミー・メイがサライを愛さないと、そのうちに弱って早くに死んでしまうぞ。それでもいいのか？」

　そこで初めてミー・メイは、何かに気が付いたようだ。しばらく考えていたが、小さな声でオーギュストに質問してきた。

「だけど……サライが愛してるのは、私じゃない。レオナルドだよ……」

「そんなことはない。レオナルドは人狼じゃないし、何年も前に死んだ。サライが今でもレオナルドを愛しているのは、芸術の師匠としてだ。俺もレオナルドのことは好きだったけど、それとギーに対する思いは違う」

　サライは手先は器用なのに、愛に関しては何て不器用なやつだと、オーギュストは思った。それに比べたら、ギーとオーギュストの関係は明快だ。愛すること、愛されることに何の迷いもない。

「サライのところに戻って、今言ったことをまた言ってみるといい。きっと驚いて、謝ってくると思うけど」

「サライは悪くない。悪いのはミー・メイ。ギーを盗もうとしてごめんなさい、オーギュ」

「いいんだ、分かってくれればそれでいい」

ミー・メイはまた犬のような姿になると、すーっと部屋から出て行った。オーギュストは扉を閉めると、思わず微笑んでしまう。

「何だか、可愛いな」

「えっ？　俺を盗もうとした相手だぞ？」

「盗めやしない。獣を盗めたのは、俺だけだ」

オーギュストは素早く狼に変身すると、ギーにじゃれかかる。今まで狼としては体軀が貧弱だと悩んできたが、ミー・メイを見たら自信が出てきた。

「ヨーロッパの狼は、みんな大きすぎるんだ。俺も東の国に行ったら、大きな狼と思われるんだろうな」

すぐに人間の姿になってそれだけ言うと、またもや狼に戻る。するとギーはシャツを手荒に脱ぎながら、苛立った様子で言ってきた。

「オーギュはくるくると変わりすぎる。いったいどっちでやりたいんだ？」

狼になって懐いているが、やはり人間の姿でやるほうが好きだ。そこでオーギュストは人間の姿に戻り、ギーを誘うように大きく腕を開いた。

山の中での静かな生活を、ギーは楽しんでいるだろうか。王の処刑から二年近くが過ぎた頃、オーギュストはある考えに取り憑かれて、じっとしていられなくなっていた。

「ギー、俺達は最強の人狼の筈だったよな」

「ああ……」

このところ、ギーは熱心に何か書き物をしている。啓蒙《けいもう》思想家になるつもりか、または売れっ子作家を目指しているのか、毎日、紙にペンを走らせていた。

「なのに……誰のためにも戦わない」

「戦って護るべき相手がいない。そう言っていたのはオーギュだ」

「護りたい、助けたい人間がいると言ったら？」

「……」

ギーはペンを動かす手を止める。そしてオーギュストを、じっと見つめてきた。

「幽閉された皇太子か？」

「今は……もう王だ。ルイ十七世。玉座にいるべきなのに、汚物まみれで幽閉されている。このままでは、おそらく死ぬだろう」

「こんな時代に王位を継承しても、いずれ殺される」

ギーは取り合おうとしない。誰が王位に就こうと、関心がないからだ。たとえルイ十七世を助け出して王位に就けても、どうせ誰かの傀儡《かいらい》の王でしかない。本人が帝王を目指しても、再び革命の志士によって断頭台に送られるだけだろう。

「もう俺にとって、仕えるべき王はいないと思っていた。それは変わらないが……単純に、可哀相な子供を助けたいんだ」

「いずれ王が支配する国は少なくなる。アメリカのように、人々から選ばれた代表が支配者になるんだ。フランスも同じだ。もう王は必要ない」

「分かってるさ、ギー博士。そんな小難しい話をしたいんじゃない。哀れな子供を助け出したいだけなんだ」

「助けて、そしてどうする？　大人になったら、帝王の玉座を欲しがるぞ」

オーギュストはそこで頭を横に振った。

「許されることではないかもしれないが、記憶を操作する。自分が王であったことなど知らないままで育てるんだ」

「オーギュ……」

「俺達は何人も殺した。助けもしたが、それ以上に殺しただろう。ここで一人を助けたからって、神が善行だと認めてくれるものでもないだろうが……助けることが、フランス国民の贖罪《しょくざい》になると俺は思ってる」

「最強の人狼のくせに、残酷になりきれない。オーギュは優しすぎる」

「民を護るのが領主だと教えられた。弱き者を助けるのが騎士だと教えられた。時代は変わって、もう騎士道も貴族も死に絶えるだろうが、俺は変われない。今でも心はジャルジェ男爵なんだ……」

さすがにギーも、ここでオーギュストを説得するのは難しいと思ったのだろう。大きくため息を吐くと、書きかけの紙をまとめ始めた。

「だが、どうやって助ける。幽閉されているんだぞ」

「俺達には、そういう知恵はないが……ここには、盗みの天才が二人もいる。等身大の彫像だって盗めるやつらだ。病気の子供を連れ出すなんて簡単さ」

「サライとミー・メイにやらせるのか？」

「ああ、大きな借りになるが……それはいずれ返す」

サライが死んだら、その心臓をフィレンツェの信頼できる場所に預け、管理すると約束してある。さらにミー・メイを、モンゴルに送り届けることも約束した。

オーギュストは約束を守る。サライもそれはよく分かっている筈だ。

「俺が一番心配なのは、王がいずれ成人して、オーギュに恋することだけだ」

「えっ？」

「やりたいことは分かった。ただし条件がある」

どんな条件を出されても、ここは素直に従うしかない。オーギュストはギーを怒らせないよう、神妙な顔をしてじっと聞き耳を立てていた。

「俺達の存在を知らせるな。間違っても、王を自分の手で育てるなんて考えてはいけない」

「別に子育てしたいわけじゃない」

「だったら、その子をベリーの息子として育てろ」

本来なら王となるべき存在を、使用人の子として育てろというのか。さすがにオーギュストも不快になったが、ギーは毅然《きぜん》とした態度で言葉を続けた。

「いずれ平等な世界がやってくる。王も、民もない。皆、同じように自由になるんだ。使用人の子として育てたからって、それで彼が不幸になるとは限らない」

「そうだな。王になるより、余程いいかもしれないな」

オーギュストの脳裏に、この三百年近くの間玉座に座っていた何人かの王の顔が浮かんだ。彼らがどれだけ幸せだったのか、知ることは叶わない。もしかしたら誰一人として、貧しい農夫より幸せではなかったかもしれないのだ。

「オーギュの気持ちは分かるつもりだ。俺達は、変身する前の自分に拘りがある。騎士だったオーギュが、幽閉された幼い王を助けたいと考えるのは当然だ」

「ありがとう、ギー」

オーギュストはギーに抱き付き、感謝の思いを込めてキスをする。

「番がギーでよかった。本当によく、俺のことを理解してくれている、最高の番だ」

「同じことを言ってやる。おまえと出会わなかったら、俺は暗殺者のままだ。助け出してくれたことを、感謝している」

「感謝はいらない。それより愛して……ギー」

「今すぐに？」

そうしたいところだが、すぐに邪魔が入る。まるで壁に耳を押し当ててでもいたかのように、サライがミー・メイと共にやってきた。

「呼んだだろ？　何か盗みたいんだって？」

「サライは絶対に浮気とか出来ないな。ミー・メイは、未来だけじゃなく、簡単に人の心も読むらしい」

「そうさ。俺達に嘘は吐けない。それで、言えよ？　どんな仕事だ」

「簡単な仕事さ。幽閉されている、ルイ十七世を盗み出して欲しい。それだけだ」

サライは一瞬で押し黙る。出来ることならそんな依頼は断りたいと、への字に結んだ口元で語っていた。ところがミー・メイのほうは、まるで少女のように身をくねらせて笑い出した。

オーギュストはにっこりと笑って、サライの肩に手を置く。

「最高の盗人なんだろ？　盗めないものはないんだよな？」

「王様、盗んだ盗人いない。サライ、やろう」

ミー・メイは乗り気だ。けれどサライはまだうんとは言わない。

「いいか、ミー・メイ。その王様は、盗んでも何の価値もない王様だ。金貨どころか、小銭一枚の価値もない。しかも俺達が盗んだって、名誉も手に入らないんだぞ。全くの無駄だ」

サライは現実的だ。利益がないと読んで、断るつもりなのだろう。何の価値もないと言われればそれまでだ。そのとおりだから、オーギュストにもどうすることも出来ない。ここは諦めなければいけないかと思ったら、ミー・メイが意外なことを口にした。

「その王様の仕事は二回。一度盗み出し、その後、死んだら遺体を墓に戻す。それをしないと、二百年後にばれる」

「ミー・メイ、余計なことを言うな。それじゃまるで、俺がそれを引き受けるみたいじゃないか」

「サライは引き受ける。ミー・メイ、一人でモンゴル帰れない。最強の二人、故郷まで護ってくれると約束した」

その約束を持ち出されたら、サライも従うしかない。この異国の変わった人狼ミー・メイを、サライなりに深く愛しているのだ。先に死ぬ運命にある身としては、オーギュストに頼るしかないだろう。

「すまない、サライ。約束は必ず守る。どんな危険があっても、ミー・メイはモンゴルの一族のところに送り届けるから」

「当然だ。おまえは俺の弟なんだから……。だけどオーギュ、まさか王制を復活させるつもりか？」

「そんな野望はない。ただ……子供が可哀相に思えるだけだ。父が王だったというだけで、その子供にどれだけの罪がある？　もし罪があったとしても、幼い子供を何年も幽閉したんだ。それで十分、罪は償われただろう」

それを聞いて、ミー・メイが今度は泣き出した。あまりにも激しく泣くので、サライは狼狽えている。

「ど、どうした、ミー・メイ。また余計なものを見たんだな」

「ううう、ねずみのように生きてる、王。可哀相……オーギュ、正しい」

「ああ、分かった。俺が助ける。王様を盗んでやるさ。だから泣くな」

こうなったらサライは、何が何でもルイ十七世を幽閉された城から盗み出すだろう。人狼というものは、番の願いに弱いものなのだ。ましてや泣かれたりしたら、余計に張り切ってしまう。

狙ったとおりに事は進んだ。誰も反対しない、いや出来ないだろう。これによって悲劇の王は、玉座を失っても命だけは取り留めたのだ。

盗まれた子供は、オーギュストの住まいである、ジャルジェ家の別邸に届けられた。陽の射さない部屋で、粗末な食事しか与えられず、汚物にまみれていた子供は、今にも息絶えそうな重度の病に冒されていた。

オーギュストは別邸の使用人の部屋に、子供用の清潔なベッドを用意させ、汚れた体を清め、清潔な衣類に包んで寝かせてやった。

そうされている間も、子供が気が付く様子はない。薬で眠らされていたからだ。本来ならそんな重症の子供に薬など使ったら、ただちに命を失ってしまうだろうが、人狼であるオーギュストには、どんな難病にも効く最高の秘薬がある。

血の一滴が、子供を救うのだ。

「なぁ、これって必要か？」

重大な任務を遂行してくれたサライだが、その手には大きな白い羽が握られていて、オーギュストに付けろと促していた。

「さっさとその白い寝間着に着替えろよ。背中に羽を付けるんだから」

サライに命じられたもののオーギュストが渋っていると、ギーが手を出してきて、嫌でも着替えさせられてしまった。

「子供を救うのは、天使の役目だ。オーギュスト・ジャルジェじゃない」

「ああ、そうだな。将来、この子が俺に惚れないためには、天使だと思わせておくのが正解だ。だからって、これを毎日やるのか？」

「俺が手伝う。おまえの気が済むまで続けるがいい」

最初は反対していたのに、ギーはもう子供の味方だ。哀れな様子を見て、心を動かされたのだろうか。

そろそろ薬が切れて、子供が目を覚ます頃だ。ここではもう子供のことを、ルイ十七世とは誰も呼ばない。ベリーの息子であり、父親と同じ名のベリーだ。

今頃、ルイ十七世を監禁していた者は、慌てていることだろう。もしかしたらどこかから病の子供を見つけてきて、代わりに汚れたベッドに寝かせているかもしれない。

「あの子が、元気に牧場を走り回れるようになるまで、天使の役でも何でもやるさ」

羽は思ったより重かった。そのせいでオーギュストは前屈《まえかが》みになってしまい、その姿勢が宗教画の天使そのものだった。

「いいね、オーギュ。その姿で一枚描かせてくれ。レオナルドが描いたってことにして、高く売りつけてやるから」

「それじゃサライ、ついでに空を飛べる道具も作っておいてくれ。羽も動くように改造しろ」

重くてよたよたしていたら、ギーが軽々とそんなオーギュストを担いで、ベリー少年の寝室まで運んでくれた。ドアを通り抜けるのは難儀だったが、どうにか部屋に入り、ベリー少年の枕元に立つ。手には小刀を隠していた。これで指先を傷つけ、血を数滴与える。多くを与えればいいというものではない。少しずつ、体の内部から治していく必要があった。

「いいか、ベリー。ここで話すことを、しっかり脳裏に焼き付けるんだ。おまえはジャルジェ男爵家の使用人、ベリー・オポサムの息子として生まれた……父と同じ名のベリーだ」

オーギュストはベリー少年の額に手を置き、その耳元で囁く。

「父のベリーは立派な男だ。若い頃には、ジェヴォーダンの獣とも戦ったんだぞ。母親はアイラ、同じくジャルジェ男爵家の使用人だ。男爵のお嬢様の世話係をしていた。おまえには兄が二人、姉が一人いる」

実際はルイ十七世には兄が一人、姉が一人だ。兄はすでに亡くなっている。生き残っているのは姉だけだが、ベリー少年が会うことはまずないだろう。

記憶を入れ替える。これまでのことはすべて悪夢だと思わせればいい。

「おまえは生まれつき体が弱くて、生きられないと言われていた。だからまだ洗礼も受けていない。ここで私が命をあげよう。ベリー……健やかに育ち、良き民となれ……」

オーギュストの語りかけに、ベリー少年の眦《まなじり》から涙が溢れ出た。すると自分の涙に驚いたように、ベリー少年はそこで目を開く。

「天使様……」

信じられないといった顔で、ベリー少年はオーギュストを見ている。

「そうだ……天使だよ。ベリー、おまえを助けに来たんだ」

「ベリー？　僕は……ベリー？」

「そうだ、ベリー。悪い夢はもう終わった。今からは、よいことしかない」

「夢？」

そこでベリー少年は、辺りに目を向ける。元々は利発な皇太子として知られていた。幽閉され、魂を汚されていても、知能が衰えてはいないようだ。

「こっちが夢の世界みたい……」

「そうじゃない。おまえが見ていたのは、悪魔が見せる恐ろしい夢だ。だが、もう恐れることはない。私が二度とあんな夢を見させないと約束する」

指先を傷つけると、オーギュストはそれをベリー少年の口に差し込む。

「神の血だ……。これがおまえを生かす。もう死に神も迎えに来ないから、安心するといい」

王のために、血を使って助けることはしないと決めた筈だ。なのに自分で決まりを破ってしまった。この子供はもう王ではないからいいのだと、言い訳することにした。

血はすぐに効き目を表した。灰色に近かったベリー少年の頬に、ほんのりと赤みが増したのだ。

「天使様、とても怖い夢でした。暗い部屋に、ずっと一人でいて……」

「大丈夫だ。悪魔は去った。悪いことは二度と起きないから」

オーギュストは窶《やつ》れたベリー少年の頭を、優しく何度も撫でた。そうしているうちに、ベリー少年は再び眠りについてしまった。

そろそろとオーギュストは扉に向かう。背中の羽が重いのでよたよた歩く姿の滑稽《こっけい》さに、隠れて様子を見ていたサライは、声を出さずに大笑いしている。

これを毎晩やるには、羽をどうにか改造しないといけない。そんなことを思って部屋から出てきたオーギュストを、ベリー夫婦が心配そうに出迎えた。

「若様、本当に前のことは忘れてくれるでしょうか？」

ベリーの妻のアイラは、今にも部屋に飛び込んで、ベリー少年を抱き締めたそうにしている。

「大丈夫だ。俺の得意技だから、簡単に記憶の入れ替えぐらい出来る。目覚めたら、温かいスープと焼きたてのパンでも与えるといい。今は体が腐っているが、数日すればよくなるから、アイラ、自分の子供として面倒を見てやってくれ」

「もちろんです。大切に育てます」

死にかけている人間だって、楽々治せるのが人狼の血だ。ベリー少年は、毎夜の天使の降臨によって、じきに元気になるだろう。

羽を外すと、体が軽くなってほっとした。本物の羽をふんだんに使っているのはいいが、土台の部分が重すぎるのだ。

「オーギュ、明日には帰るが、ミー・メイの馬を一頭貰っていくぞ」

サライの申し出に、オーギュストは顔をしかめる。

「好きな馬を持って行っていいが、その前にこの羽を何とかしろ。毎回、ギーに運んで貰うわけにはいかないだろ」

「せっかく苦労して作ったのにな」

偽物の天使だから、羽も重く感じるのだ。きっと本物の天使にとっては、大きな羽でも重さなどないのだろう。

「失敗したな。やっぱり俺達は、獣のほうが性に合ってる。魔物の設定にしておけばよかった」

けれどそう言ったオーギュストの美しい外見は、誰が見てもまさに天使そのものだった。

ジャルジェ男爵家の近くにある教会には、綺麗な羽を持つ天使のステンドグラスが飾られている。それを見上げて目を細めているのは、この教会のベリー神父だ。

六十代も半ばになったベリー神父は、その人生の半分以上をこの教会の神父として勤めている。その容姿は、幼少時の病が元で背は曲がりかなり小柄だけれど、とても博識で慈悲の心が篤《あつ》く、教区の人々には深く敬愛されていた。

「おや……」

ベリー神父は教会を訪れた二人の男の姿に、思わず目を奪われる。

「まさか……天使様」

いや、そんな筈はない。日中のこんな時間に、天使が降臨する筈もなかった。

二人ともシルクハットに細身のズボン、フロックコートといった紳士らしい出《い》で立ちで、ブルジョワといった雰囲気だ。大柄な男の肌は浅黒かったが、ベリー神父はそんな肌の人々を見慣れている。ジャルジェ厩舎を仕切っているのは、ほとんどが浅黒い肌の男達だったからだ。

それにしてももう一人の銀色の髪をした男の姿が、どうしても子供の頃見た天使の姿に重なってしまう。あの姿が忘れられず、わざわざステンドグラスにして教会に飾っているぐらい、鮮明に覚えていた。

幼い頃、恐ろしい夢ばかり見ていた。どこかの牢に幽閉され、歩くことも出来ないほどの病に冒されている。いつも空腹で、心は荒み、それでも死ねない自分を呪っているという、悲しくて恐ろしい夢だ。

そんな夢を追い払ってくれたのが、ステンドグラスに描かれている天使だった。

神父になろうと思ったのも、不思議な経験があったからだ。毎夜、ベリー神父の枕元を訪れて、悪夢を追い払い、命の元の神の血を与えてくれた天使。いつから訪れなくなったのか、それすら忘れてしまったが、気が付けば不自由な体なりに、牧場の羊を追い回したり、鶏の卵を集めたりして、楽しく暮らしていた。

優しい両親も、穏やかな兄弟達も、天使の話だけは信じてくれなかった。けれどずっと病に伏せっていて、今にも死にそうだったベリー神父が、ある日を境に元気を取り戻したのは、神のご加護だというのは信じてくれて、聖職者になることを心から祝福してくれた。

「男爵様のお身内でしょうか？」

ベリー神父は遠慮がちに声を掛ける。すると銀色の髪の男は、まさに天使のような笑顔を浮かべて応えた。

「はい、ジャルジェ家の縁戚の者です。フランス王が崩御なさったと聞いて、スイスから戻り、祈りにまいりました」

「それは……それは」

「厳密には、革命派の肩を持ったり、外国に逃亡を繰り返したりで、本物のフランス王とは言いがたいですけれどね。それでも歴史上は、最後のフランス王になるのでしょうから」

皮肉な口調で男は言うと、連れを促して祭壇の前で祈り始める。

最後のフランス王、その言葉がベリー神父の心に不思議な情景を思い浮かべさせた。

馬車に乗っている。どこに向かっているのだろう。品のいい夫婦と娘、それになぜか子供の自分が一緒に乗っていた。それが途中で、恐ろしい悪魔のような兵達に捕まったのだ。

子供の頃に見た夢を、どうして今頃になって思い出したりしたのだろう。やはり天使のような男を見たせいだろうか。

「美しいステンドグラスですね。割れたりしたら残念だ。修繕のための費用に」

男は高額な現金が入った袋を、ベリー神父に差し出す。

「生きるというのは……死の合間に見る夢ですよ。神父様は、よい夢をご覧になれましたか？」

「はい。辛い夢も見ましたが、天使様に出会ってからは、よい夢ばかりです」

「それはよかった……」

男が微笑むのを見ていて、ベリー神父は思わず十字架を手にして祈ってしまう。

やはりこの男はあの天使だ。じきにベリー神父は天に召されるのだろう。その前に、わざわざ天使はベリー神父の前に現れ、幸福かどうかを確かめてくれたのだ。

オーギュストは、自分がモデルとなったステンドグラスの天使を見上げる。このステンドグラスを作らせたベリー神父は、この教会の墓地ではなく、別の場所に埋葬されていた。ミー・メイの予言によれば、二十一世紀を迎えて数年すると墓が暴かれ、ベリー神父、いやルイ十七世の遺体はＤＮＡ鑑定を受け、その結果フランス王家の墓所に再び埋葬し直されるということだ。

一度も玉座に座ることはなかったが、彼こそは最後の王だと、オーギュストは今でも思っている。そしてルイ十七世という王がこの世から消えたとき、オーギュストの中でも王に対する忠誠、騎士の思いは完全に死に絶えた。

「五百年なんて、短いな」

ギーに抱かれながら、オーギュストは呟く。

じきに二十一世紀が訪れるが、オーギュストには新世紀を目にすることは出来ない。最強を誇った人狼にも、ついに終わりの時が訪れたのだ。

葬送の曲をパイプオルガンで奏でてくれているのは、よく世話になった人狼のローゼンハイム伯爵の番ヨハンセンだった。伯爵亡き後、ヨハンセンは次代のローゼンハイム伯爵に仕えながら、孤独の百年を生きている。

今回、ヨハンセンを呼んだのは特別の事情があった。本来なら番のギーが、オーギュストの最期を

看取ることになる。だがその後、ギーの最期をすぐに看取らねばならないからだ。

サライの最期は、オーギュストとギー、それにミー・メイで看取った。サライの心臓は、今はイタリアマフィアとなったフィレンツェの狼の一族が、未だに健在なスイスの贋作工房で保管してくれている。

約束どおり、その後、ミー・メイはモンゴルまで送り届けた。まだ生きている筈だが、その後、ヨーロッパで見かけることはなかった。

番が先に死んでしまい、どんなに辛い思いをしていても、人狼は残りの人生を一人で生きる。再び誰かと番うことはない。

オーギュストはギーを見つけ出すのに二十五年を費やしたが、それは決して長い年数ではない。二人は長く一緒にいられた、恵まれた番なのだ。

「ギー……約束は、守らなくてもいいんだ。後を、追わなくてもいい」

オーギュストの申し出を、ギーは鼻で笑う。ここにきて、オーギュストが弱気になったのを笑ったのだろう。

「後追いなんて、悪しき前例になると非難されるだろうな」

「したければすればいい。真似したくても、誰もが出来ることじゃない。俺が最強の獣だからやれるだけだ」

ギーはオーギュストに、見事な細工の施された銀の短刀を見せる。これはサライが、ギーに贈ったものだった。

「人狼の回復力は凄いからな。一気にやらないと、失敗する。自分で死ぬのも大変だ」

死を前にして、ギーには全く悲壮感がない。むしろ晴れ晴れとした様子だった。

「おかしいな……ギーは死ぬのが楽しそうだ」

「ああ、これでもうオーギュが誰かに笑いかけるたびに、苦しい思いをしなくて済む」

「そうか、それを聞いたら、俺も何だか楽しくなってきた」

もし願いが叶うなら、オーギュストは自分の次代の人狼が、ギーの次代の人狼と結ばれて欲しいと思った。

「そうすれば……一千年、一緒にいたことになる……」

オーギュストの呟きに、ギーは意味が分からず不思議そうな顔をする。

「次も……その次も……この世界が終わるまで、何度も蘇り、そして……結ばれるんだ」

「当然だ。俺達は最強なんだから、絆も最強さ」

ギーに抱かれながら、オーギュストは満月の夜、狼となって森を駆け抜けていく場面を思い描く。

オーギュストだけを愛する、黒くて巨大な最強の獣を従え、永遠に走り続けるのだ。

あとがき

この本を手にとっていただき、ありがとうございます。もふもふ狼達《おおかみ》の話は、これまで三作出させていただいておりましたが、またこの世界に戻ってこられて、とても嬉しく思います。

もし前作『狼伯爵』『狼王』『狼皇帝』未読でしたら、電子書籍化もされておりますので、読んでいただけたなら幸いです。

さてさて、今回登場のジェヴォーダンの獣ですが、これはフランスで本当に伝わっている話です。狼の中には2メートルを超えるようなものもおりますから、巨大狼かと思われたくさんの狼が殺されました。家畜を襲わず人間ばかり狙ったので、あるいはよく訓練された大型犬かという説も。また、人間が獣の格好をしていたのではという、狼男説まで飛び出して当時のフランスを騒がせましたが、真相は未だに謎のままです。

そういった事件があったせいばかりではないでしょうが、フランスは現在、日本と同じように野生狼のいない国になってしまいました。アメリカのように、再度呼び戻すことはしないのか気になるところです。

そしてもう一つの本当の話、不幸な王子のことです。偽物説がずっと言われていましたが、最新のＤＮＡ鑑定によって、遺体は本物であることが判明しました。フランスの華やかな宮廷で生まれたのに、あまりにも悲惨な最期だったと思います。

可哀想《かわいそう》な王子はいなかったんだよと、せめて物語の中では幸せになってもらいたかったので、話の中に登場させてしまいました。まさに見てきたように嘘《うそ》を書きでしたね。


イラストお願いいたしましたタカツキノボル先生、何年も間が開きましたのに、再び美麗なもふもふカップルをありがとうございます。コスプレだし、獣出るし、お手数かけましたが、末代までの家宝ものでした。

担当様、また書かせていただけて感謝しております。

そして読者様、もふもふ話を楽しんでいただけましたでしょうか？　今はネットで世界中の様々な狼の姿を目にすることが出来ます。何かのついでに、見てみてください。作中に出てくるようなリアル狼に出会えます。けれどさすがにジェヴォーダンの獣のような狼は、リアル世界にはいませんけれど。

それではまた……。

剛《ごう》　しいら　拝

この本を読んでの
ご意見・ご感想を
お寄せ下さい。

〒151-0051
東京都渋谷区千駄ヶ谷4-9-7
(株)幻冬舎コミックス　リンクス編集部
「剛《ごう》しいら先生」係／「タカツキノボル先生」係

リンクス ロマンス

狼男爵～熱情のつがい～

2014年10月31日　第1刷発行

著者……………剛《ごう》しいら
発行人…………伊藤嘉彦
発行元…………株式会社　幻冬舎コミックス
〒151-0051　東京都渋谷区千駄ヶ谷4-9-7
TEL 03-5411-6431（編集）
発売元…………株式会社　幻冬舎
〒151-0051　東京都渋谷区千駄ヶ谷4-9-7
TEL 03-5411-6222（営業）
振替00120-8-767643
印刷・製本所…株式会社　光邦
検印廃止

ISBN978-4-344-83249-7 C0293
Printed in Japan

幻冬舎コミックスホームページ　http://www.gentosha-comics.net

本作品はフィクションです。実在の人物・団体・事件などには関係ありません。